鹿憶鹿 著

走看臺灣九〇年代的散文

臺灣學生書局 印行

自序

暢銷書排滿每個書店醒目的位置，暢銷作家個個成了明星，既拍廣告又主持電視節目，而寫作的題材也千篇一律地成了媚俗的男女情愛。所謂的新新人類對傅雷、張繼高、林太乙、柏楊等人都興趣缺缺，大家關注的是什麼心靈雞湯、腦內革命、如何致富、如何成功，或是ＥＱ、血型、星座、性愛、外遇。

《文訊》的封德屏小姐找了幾個人每個月寫寫讀書心得，這本小書就是兩年多來的紀念。寫第一篇時正在做月子，歲月倏忽而過，小孩已能朗朗背誦童謠。

近幾年傾注全力在散文創作的楊牧、簡媜等作家有人已深論過，所以本書略而不提，當然九〇年代的台灣散文作品還很多，書中介紹的並不全面，書名因此取名「走看」，有如愛亞女士所謂去巴黎走馬看花的心情，然而走馬看花有時也能見到繁花似錦。

每個月規定要寫的短評其實都有字數限制，然而書是值得推薦的，作者也是應該被尊敬的，在媚俗的時代中，能堅守住寂寞而寫作的人越來越少了。

窗外是櫻花初綻的三月，期待散文創作的園地中也有春天來臨。

一九九八年三月於台北外雙溪

走看臺灣九〇年代的散文

目　錄

異國情緣，文學愛侶

——讀《鹿園情事》

《鹿園情事》的作者聶華苓，她曾是《自由中國》雜誌的編輯委員及文藝主編，也曾任教過東海大學、台灣大學外文系，一九六四年，受聘爲愛荷華大學「作家工作坊」顧問，一九六七年，和安格爾（Paul Engle）創辦愛荷華「國際作家寫作計劃」，台灣許多作家都曾是愛荷華「作家寫作室」的座上賓。作者已出版了二十幾本書，包括小說、散文、評論，而且譯成英、義、葡、波蘭、匈牙利等多國文字；其中小說《桑青與桃紅》的英文版還得到一九九〇年的「美國書卷獎」。

作者的一段自白可以爲本書做注腳：

> 天空下，有個鹿園，一個美國男子和一個中國女子在鹿園裡，相惜相愛，生死相許，走遍天涯海角，永遠回到鹿園。……他們各種姿態的生活，只有各種不同的文體才可以表達。

嚴格說來，書中純粹由作者撰寫的部分很少，只有第二輯「浮遊」中的四篇文章：〈事事歡歡行行〉、〈霧夜牛津〉、〈浮遊水城〉、〈空——空——，黑海邊，一九八七〉，她寫與夫婿安格爾在美國黃石公園、大峽谷等地蜜月的所見所想，也寫去威尼斯、牛津大學、莫斯科、雅爾達、列寧格勒的緬懷心情。作者是作家，所以寫俄國作家契可夫、托爾斯泰、杜斯托也夫斯基的生平、故居見聞等部分就特別精彩。

書中第一部分〈情事〉收錄九篇文章，〈風雪話相逢〉、〈馬伕的兒子和壞女孩〉、〈愛，是個美麗的苦惱〉、〈安哥兒〉四篇是文學愛侶的對話錄，而〈紐約在黑暗中，一九六五〉、〈我的中國島〉、〈共飲長江水，一九七八〉、〈魂歸古城，一九七九〉、〈夕陽無限好〉五篇和第三部分〈軼事〉中收錄的五篇全是安格爾所作，大部分摘自《安格爾回憶錄》一書。

本書描寫的是一段甜密纏綿的異國情緣，他們結爲文學愛侶，生活中有談不完的情話，有共同的文學藝術涵養，而他們過著雙重生活，融合兩種文化，聶華苓說：「一九四九年我由大陸到台灣；一九六四年從台灣到美國。若有陌生人問我的家在哪兒？我總是回答：『我的家在安格爾家園。』」而安格爾在〈我的中國島〉文中說：「我生活在愛荷華的中國島上，……我不僅娶了個妻子，還有她的家人，她的朋友，她的故土。……我是個囚徒，我完全被囚在中國人的影響中。……回到愛荷華的山丘，發現我終於在無底的中國文化中漫游、沉溺，是震驚，也是歡喜。」書中無處不流露著只羨鴛鴦不羨仙的生活情懷，〈夕陽無限好〉中寫著：

我和華苓終於定居在愛荷華河邊的小山上。華苓喜歡柳樹，我爲她在屋前種了一棵柳樹。綠林叢中嫣紅木屋對著楊柳飄拂的河灣，華苓說那就是她的江南。……我們山頂一大片樹林，蜿蜒迤邐到後面的山谷，山谷裡有許多野鹿，華苓喜歡遠遠看牠們從樹林一隻隻走出來，在園子裡遊蕩，吃我撒在樹林邊的鹿食。

多情的蘇東坡曾經對他弟弟說，上可以陪玉皇大帝，下可以陪卑田院乞兒，在他眼中天下沒一個不好人。安格爾也說他們夫妻都珍惜兩心相許的情愛，還擁有共同的財富——形形色色的人，從白宮到小雜貨店，都有他們的朋友。因此，安格爾和聶華苓有談不完的話，有共同做不完的事，他們談「國際寫作計劃」，也去買菜、寄信，去五金店買釘子錘子，去捷克兄弟開的小店，取浣熊吃的過期麵包，和當天的《紐約時報》。「他不肯訂郵寄到家的《紐約時報》，只爲要去小店和他最喜歡的那種紮紮實實生活的人聊幾句天。」《鹿園情事》中寫的是一對如東坡多情的文學愛侶的豐富人生。

一對恩愛的文學愛侶在彼此的柔情蜜意中，談論托爾斯泰、海明威、雪萊、喬治桑、繆賽、狄更斯、巴爾扎克等世界不朽的小說家、詩人，的確令人有耳目一新的感受，如果說《鹿園情事》是刻劃一段異國情緣，那麼它是與徐志摩陸小曼、梁實秋韓菁清、張愛玲胡蘭成等人的戀情不同的。

童年成爲往事

——讀《另一種童年的告別》

倘有人作一部歷史，將中國歷來教育兒童的方法，用作一個明確的記錄，給人明白我們的古人以至我們是怎樣被薰陶過來的，則其功德，當不在禹下。

本書作者張倩儀就如此對「消逝的人文世界最後回眸」，「選擇了中國的兒童生活——由近現代人寫的自傳中透露出的中國童年。……他們所反映的，除了個人成長之外，還是中國時代跳躍發展的縮影。透過這些素材，可以有血有肉地看這中國大時代的轉變。」(自序)作者又說：「歷史總喜歡跟我們開玩笑，今日放棄的，將來我們或會緬懷甚至搶救。……人往往走完路之後，才回味路上的片段風光，而風光已經不再。」

因此我們驚喜地閱讀到耳熟能詳的學者、作家的童年啓蒙情形，了悟到新舊交替的中國那一段不一樣的童年，而這樣的童年卻也造成許多兒童成爲近代中國各方獨領風騷的人。文中所提到的私塾，似乎與前些年的台灣中小學沒有兩樣。

當時的私塾教法，常常打。打的原因，大半不是學生頑皮，而是書讀不熟。……對於打的深刻，幾乎讀過私塾的都有體會。文學家沈從文、胡適、郭沫若等都描述過。……沒有被打的，也不是沒有。黎東方的母親一開課便向老師囑咐過不要打。趙元任只挨過一次打。……出身的好壞又或地域的遠近，以乎不是打或不打的因素。書香世家的趙元任不打，蔣夢麟打；貧苦的齊白石打得少，張治中打得多；住地偏遠的沈從文（湘西）、郭沫若（四川）打個不亦樂乎，文風茂盛的江浙地區中，蘇州的包天笑、浙江的蔣夢麟就各有不同的遭遇。

書中分幾個部分來敘述民初兒童的童年：教育篇、家族篇、環境篇、遊戲和工作篇、前途篇、價值觀、宗教篇、女性篇。教育篇描述得最精彩，除了私塾的教育，也寫幼兒識字或母教功勞，而家族篇寫的也是家教的重要，所謂「三歲定八十」，所以描述的較多的是母親或祖母的影響。

張肇元的母親說：初生孩子是團粉，將來怎麼做人都由做娘的捏出來，被她捏出來的兒子說：「不論在甚麼時代，甚麼環境裡，家庭教育的影響，是永遠存在的，……一家的盛衰，就在家長和家庭主婦的思想和行爲，家庭主婦尤爲重要。」

侯外廬就如此形容他的祖母：

> 我自幼由祖母親自帶大，她將自己強制壓抑了大半生的母愛，一股腦地傾注到我的身上。……祖母對於我的愛，也不單純是溫情，往往還表現在對我所抱的期望和對我加倍嚴格的要求。

作者也寫農業社會的自然環境，「與自然親近的生活是小孩子知識和樂趣的泉源。」這種樂趣就培養了一生對湘西農村有綿綿深情的沈從文。書中的「玩具」、「節日」兩篇也令人在發思古幽情之餘，爲當今只知電動玩具、電視、麥當勞、電子雞的孩子抱撼。以貓狗雞鴨爲友，或放風箏、玩陀螺、踢毽子的遊戲童年已經消逝了，連帶消逝的似乎是人文關懷、是自然風範，是每個人與生俱來的純樸、天眞。

對中年的人來說，本書也是他們曾經熟悉的童年，重溫一遍的感覺，喟嘆多於甜蜜，另一種童年已成爲往事。讀者與作者有相同的心情，向另一種童年告別時，充滿感傷。

特別的回憶

——讀《柏楊回憶錄》

一般的回憶錄大都是主角一生的傳奇事蹟、豐功偉業，《柏楊回憶錄》卻像是他自己一生的苦難、民族的苦難、時代的苦難。本書由柏楊本人口述，周碧瑟女士執筆，全書文情並茂，頗有柏楊一向行文的風格，常見字字珠璣。

本書的童年部分及牢獄之災的過程寫得令人動容，相形之下，出獄後的部分顯得無足輕重，而童年部分及牢獄之災部分的確也是全書的主軸，記錄了一個災難的時代。個人的生命在那個時代中無異螻蟻。本書最可貴的是字字血淚，卻未見聲嘶力竭的控訴、怨恨，彰顯了全書的人文關懷，希望那段恐怖的、黑暗的時代從此畫上休止符。

在整個童年的回憶中，讀者可以明顯地了解到柏楊何以會說傳統文化爲醬缸文化？何以會寫《醜陋的中國人》？而在後來出國行程中，他去了世界上最小的共和國聖瑪利諾，他說：「一個國家爲什麼一定要那麼大？人民幸福才是第一重要，國土大而人民生活貧苦，只能算是地獄。」等到回大陸探親後，曾有九年文字獄之災的柏楊說：「大陸可戀，台灣可愛，有自由的地方就是家園。」雖是回憶錄，其實是一個作家對文化的期許、對蒼生的關心，人民自由幸福、能思想、能反省，才是值得驕傲的國家。

柏楊在七○年代幾乎被槍決，在綠島約九年牢獄中竟沒有發瘋，反能讀書寫作，似乎不得不歸功於從小所受的痛苦，被繼母不斷無端的虐待、毒打，又被老師奚落、辱罵、鞭打，他自言「一生幾乎全在地獄，眼淚遠超過歡笑。」也因此在那個恐怖的時代，無數人被槍決、上吊或瘋狂的時代，他還能活下來，做一個見證人，而且舉起如椽大筆，冷靜地批判，他批判共產黨的違反人性、批判台灣的威權時代、批判民族的劣根性。文章中也有兒女情長的一面，寫幾次婚姻的離合聚散、寫不能與子女享受天倫，讓人不勝唏噓。

《柏楊回憶錄》不是個人回憶錄，是一個民族一個時代的回顧與反省。

作家的情癡

——讀《世界的回聲》

李黎從大學時代翻譯赫胥黎《美麗新世界》一書後，幾乎傾全力於小說創作上，最早是在北京出版的短篇小說集《西江月》，接著又出版了《最後夜車》、《天堂鳥花》、《傾城》、《浮世》、《袋鼠男人》、《浮世書簡》，雖然早期也出版過散文集《大江流日夜》，作者卻是明顯地花心思在創作小說上的。一九八九年。作者猝遭喪子劇痛。有追憶愛子的《悲懷書簡》一書，讓人體會如何面對死亡，也教人更珍惜生命，表現了她經歷悲慟的情癡理悟過程。而此書《世界的回聲》，似乎與先前的《天地一遊人》異曲同工。「抱持著旅人尋幽探勝的心情」，「世間總總，所見所讀，如是我聞，寫下來形諸文字，便是我與這世界的酬答」；作家夢想，期待的無非是讀者的回響，世人的回聲平撫了作家寂寞的心靈。

此書分三輯：〈世情篇〉、〈人情篇〉、〈心情篇〉，共三十篇長短不一的文字。首篇文字很有意思，篇名「一見鍾情」：「如果有可能看了第一眼便愛上一個人，是不是也有可能讀了第一句便喜歡上那本書？」作家似乎也很努力地希望以第一印象來獲得讀者的青睞，《雙城記》的第一句是「那是最好的時代也是最壞的時代……」，《安娜・卡列尼娜》的第一句：「快樂的家庭全都相似，不幸的家庭各有不同」，膾炙人口的第一句，兩本書也的確成了精典名著。馬克吐溫不只要人記得新歡，更要顧念舊愛，他的《頑童流浪記》第一句是：「你若沒讀過《湯姆歷險記》那本書就不會記得我，不過沒啥關係。」作家當然不會不介意，他希望讀者讀過他所有的書，不但能一見鍾情，而且此情不渝。

讀者既對作家的書能一見鍾情，作家本身必是對人世有深刻的體悟、不移的情愛的。李黎的書正是如此。

〈西行片語〉寫到中國大陸旅行的所見所想。寫天安門廣場，「廣場不再是地理名詞，而是歷史名詞了。」亡故的愛子曾與作者同遊北京，「唯獨有一分思念不能去碰觸，卻又逃避不得，一觸仍是痛徹心肺。五年前的夏日來過的京城，蟬聲依舊（不一樣的蟬了）、天壇的七十二長廊上胡琴聲依舊（不一樣的琴了）……」人亡情傷，物是原來的物嗎？

〈散花樓頭〉寫到麥積山萬佛洞的大小佛像，釋迦牟尼佛初見他當年離棄而今長成的獨子，作者寫小佛像是隱含怨屈想對生父哭訴滿腔孤兒辛酸的臉，「世上成大業的人，也許就算拯救或超渡了千千萬萬的他人，恐怕免不了或多或少地傷害過自己生命中的至親至愛……」人非神非佛，畢竟是免不了人世的情癡。身爲母親的作者，見到的是佛祖父子也難逃脫的情牽。

〈心靈的地圖〉寫每一個離鄉背井的寫作者，心裡都有一幅故鄉的地圖：「寫作者也知道：不僅是空間，更是時間的阻隔與流逝，使得他的故鄉在現實世界裡早已面目全非，但他心中的那幅圖像永遠鮮明美好，當形諸文字之後，便是抗拒了時空無情的摧毀力量而邁向不朽。」在作家的筆下，故鄉成爲永恆的印記，像是永遠不會消失的童年。

〈世界的回聲〉一文中，作者寫出所有作家的心聲：「人是寂寞的，所以始終在追尋、期待來自其他人的回應，無論多麼微弱渺茫，亦足以肯定了與這世界的連繫，而感到些許安心——追尋與等待原是最使人焦慮的。……浩瀚的書海是這份癡情的物證，而唯有世間的回聲才是他最終的回報。」如果沒有回聲。要不要繼續寫？

最後一篇是〈備忘錄〉：「自從你離去以後，終我一生，我的書寫都將是爲了你，爲了你留給我以及這個世間的記憶，爲了抗拒時間的侵蝕、遺忘的消融……」那是作者不甘心的抗爭，是情癡的極至表現。

眾絃俱寂，我是唯一的高音。情癡的作家或許有時會有一種高傲的憤世，並不在乎其他的回聲。

被遺棄的城市

——讀《郊居歲月》

梭羅的《湖濱散記》引起全世界想逃離城市的念頭，而到了將近二十一世界，仍有許多羨慕陶淵明的人，陳冠學、孟東籬或區紀復，受夠了城市，不約而同地想去尋訪自己的桃花源或淨土。後來的一本書，彼德·梅爾（Peter Mayle）的《山居歲月》（A Year in Provence）成了暢銷書，法國南部的小鎮普羅旺斯成了全世界的焦點，本來是去福地仙鄉隱居、追求恬淡閒適生活的梅爾先生，受不了絡繹於途的觀光客騷擾，只好離開了已成名勝的山居。在一切都要上網路的今天，郊區或山區可能早已不存在所謂的桃花源或淨土了。

張典婉的《郊居歲月》分成四輯，收錄二十餘篇文章，四輯分別是「逃離城市指南」、「家園 Menu」、「綠色筆記」和「顚覆女人孤寂」，而自序是〈打開探險的窗口〉，主旨非常明確，逃離城市才能打開探險的窗口，才能找到自己的秘密花園。

作者描述自己因爲嚮往田園生活，逃離台北，搬到五指山上成爲都市新移民。而她的新生活也的確讓所有讀者憧憬不已：

夏天晚上，爲了迎接滿天星斗，我們也學著爬上屋頂躺著看星斗，和鄰居隔著屋頂大聲打招呼。早上打過早起的蛇，看過不速之客穿山甲，我學著當山上公民，拜訪鳥的森林，慢跑時看松鼠吃早點。讓青竹絲爬過我的運動鞋，和鄰居學種地瓜，種一藤葫子，分享鄰居豐收的薄荷草，互贈小黃瓜和蕃茄。

每盤野菜上桌，我們的話題豐富多變。嚼在口中的青澀，讓我的心飛進沉醉的山溝。帶一些昆蟲爬過的訊息、一些風吹過的影子，和陽光的紫外線及土地的滋養，我享受了魔術師的快樂。

山區、郊居的田園生活固然值得追求，然而城市似也不至於到被遺棄、唾棄的地步，書中有一部分是「逃離城市指南」，在作者的筆下。城市卻不只是逃離的地方，成了被遺棄的對象。

生活中突然沒有壓力，突然離開了背叛、奪權的辦公室戰爭，也離開了販賣情報的資訊站，一切虛僞暫時從眼前消失，但依然存在於這座虛僞的城，在TV新聞、報紙中……我沒有完全離開這座城市，只是暫時出走、逃亡，假裝看不見殺價、奪權、爭寵，或是汙穢的角落。……每隔幾天，我依然跌入城市中訪友、購物，與朋友談著城市、虛僞、背叛的故事。

作者不停地數說城市的不是。虛僞、背叛、汙穢，幾乎都是這些字眼，而城市中的情婦、情夫似乎也特別多，書中就描述了多處如此的情節。「我有許多情夫、情婦的朋友」似乎與全書的主題不倫不類。

「顛覆女人孤寂」是頗有意思的部分，不知與全書何干？寫市場的那篇有位「排骨西施」，作者常想，她一定未婚，等著哪位太太看上她，娶回家當媳婦，或是她看上對面賣青菜的阿林？作者越想越離題：「我沒有三十歲的兒子，不然我會讓兒子娶她，天天讓她燉一鍋排骨湯給我喝。」看得令人發笑，寫什麼呀！那女孩一定要嫁你兒子？她一定天天幫你燉排骨湯？山居生活或郊居生活已經寫得太遠了。

本書所寫的郊區新生活是令人嚮往的，一方面卻令人狐疑：城市生活眞如此不堪嗎？然而我們畢竟都要生活在城市中，我們畢竟只能要求一個精緻的、高品質的文化城市，而不能去奢望山居或郊居，難道那不是另一種侵害山林、鳥獸的行爲嗎？桃花源、淨土或許只可求諸自身心靈。

照亮黑暗角落的人

——讀《三個貝多芬》

《三個貝多芬》這本書是作者〈城市筆記〉專欄的結集。作者在序中雖然自承本書「出現的人物都屬於比較卑微的，出現的事，則不只卑微，而有點荒謬、有點無聊」，讀者卻可發現他實際上是以冷眼、慧眼看台北這座城市，透過他的洞燭機先，讀者恍然大悟：原來黑暗角落有那麼多我們忽略的，視而不見的精彩故事。

本書分三輯，收錄長短不等約五十幾篇文字，書名是其中一篇篇名。三個貝多芬是指樂聖貝多芬，花名貝多芬的脫衣舞孃和落魄的街頭小提琴手。

龔鵬程先生說：「行走在這個城裡，需要智慧，才能穿透政經氣泡太過眩眼的霓虹燈。看見它眞正的生命，需要一些悲憫才能看見它所含蘊的溫情，也需要一點憂鬱、一份哀傷，乃至一些絕望，才能玩味到這個城以及城中生活的無聊，才能發現城裡充滿了荒謬及無奈。」作者的確是具備了智慧、悲憫或哀傷來深入刻劃這個表面上繁華的城市中的卑微人事，而且設身處地去剖析、分享了他們的悲喜。本書使黑暗角落明亮起來，甚至明亮得太過眞實，我們一下子對這個城市的眞實面目感到陌生。

本書涵蓋了城市的許多角落，寫城市的「票亭」點滴，寫城市的「命相師」、「文法學家」、「理髮師」。〈預言家〉、〈那是他們的事〉、〈白駒過隙〉、〈冥想的老者〉都寫老人，有的在公園，有的在公車上，〈痕跡〉一篇則寫朋友失憶的母親，〈老人〉一文則寫由公車上一位染黑頭髮，薄施脂粉的老太太引發的聯想。作者似乎很喜歡寫老人的，〈落木〉中寫曬太陽的老人看一個出殯隊伍，一個說死者太年輕了。另一老人回答說：「棺材不是裝老人，而是裝死人。」〈荷風〉一文植物園中的老人批評荷塘「龜鼈成群，這世界已變成什麼樣子了。」〈井旁邊大門前面〉一文寫皮爾斯唱舒伯特作品「冬之旅」，似乎是爲老人回憶寫的。壯年的作者也似乎很能去觀察，體會這個喧囂城市裡老人的衰頹心情。

而〈魯迅看殺頭〉則寫車禍現場造成交通壅塞的圍觀群眾，〈黑暗的角落〉寫明星所站的舞台其實是最封閉的場所，〈卡蜜兒〉寫城中廢棄的精神病院，〈回憶錄〉中有想寫回憶錄的計程車駕駛。作者有許多話都令人反覆咀嚼、深思，他寫〈捕狗人〉的心聲：「捕狗人不見得生性殘忍，但他們必須以世人認爲殘忍的方式來從事他的職業，這是他們心中難以平穩的原因。」〈皮匠與理髮師〉中寫十餘年來手藝沒有一點進步的沉默理髮師：「在浮華的城市，爾虞我詐欺騙詞語充斥的世界中，靜默與笨拙，有時反而令人珍惜。」

作著無疑是對音樂十分愛好的，書名因此取爲《三個貝多芬》，他聽過樂聖貝多芬的九大交響曲至少十種以上不同版本，在書中也不斷提及對音樂的聆賞，〈咖啡廳內〉、〈夏日的音樂〉、〈醞釀〉幾篇都是。作者在〈卡拉ＯＫ〉一文中說二十世紀的兩項最具毀滅性發明是原子彈和卡拉ＯＫ，「卡拉ＯＫ毀的不是正統音樂，而是把不該發出的聲音擴張到極大，嘈雜的、錯亂的把人類原本具有的辨音能力完全顛覆了，使人成爲聽得到眾音的聾子，這是它最大的摧毀力。」對音樂有高品味鑑賞能力的人必定比我們這種音盲更受不了卡拉ＯＫ。作者在「夏日的音樂」中說：「一個演奏家不僅僅是個演奏家，而是個生活家，一個哲人。」同樣的，一個作家也不僅僅是個作家，而是個生活家，一個藝術家；作者的作品所以吸引人之處，正在於他不只是作家或學者。

本書如果要挑一點小毛病的話，就是它的用典多了一些，引莊子或引詩，有時破壞了文章的美感或流暢。

野火以後的春風

——讀《乾杯吧，托瑪斯曼》

多年前，龍應台寫了《野火集》，焚燒得許多人心頭很痛，而她的〈中國人你爲什麼不生氣〉更讓大家義憤塡膺。然後，她又寫了《人在歐洲》、《寫給台灣的信》、《美麗的權利》、《孩子你慢慢來》、《看世紀末向你走來》、《在海德堡墜入情網》。野火燒過，春風吹拂，作者的文章激烈的情緒轉爲溫和，《乾杯吧，托瑪斯曼》有在異國飄泊的心情，這心情是與所謂故鄉人、故鄉事的戀戀不捨。

龍應台在書前的序中，描述一九三八年德國被納粹佔領，一九二九年才得諾貝爾獎的德國作家托瑪斯曼流亡美國，記者問他，放逐是不是一個沉重的負擔，他回答:「我托瑪斯曼人在那兒，德國就在那兒。」然而，托瑪斯曼卻連死都堅持死在德語文化的瑞士;他對自己小說的英文本毫不在乎，德文版要出現時，卻字字計較，坐立難安。龍應台說：「巨大如托瑪斯曼，竟然也是一株向日葵。」她又承認：「我也是一株向日葵，貧血的臉孔朝著東方，太陽昇起的地方。走遍千山萬水，看見黃浦江卻覺得心跳得特別快。認識整個世界，和台北的朋友相濡以沫感覺卻特別溫暖。」托瑪斯曼掙脫不了的放逐負擔，他鄉異國的龍應台當也感同身受，序叫〈乾杯吧，托瑪斯曼〉，書名也是。

本書分四輯，輯一「台灣人」收錄十二篇文章，寫對台灣的所思所想；輯二「秋天渡河」收錄四十篇長短不一文章，大部分是寫在德國所見所聞及五篇中國大陸印象的文章；輯三〈星洲風波〉是緣由作者寫〈還好我不是新加坡人〉的強烈回應，大部分是新加坡讀者的不滿責難；輯四〈答客問〉收錄四篇文章：紙上電台二十問。訪問東德末代總理，訪問自己的母親和自己的兒子。

本書的文章有許多不同於作者以往《野火集》中的直接批判，轉而對台灣或對大陸的殷殷盼望。例如輯一〈每天要過的日子〉：

> 每天要過的日子只不過是。和朋友快快樂樂地吃個飯不必擔心火燒大樓；只不過是，輕輕鬆鬆地走在街上不至於被爆炸的瓦斯管殺掉；只不過是，和孩子揮手道別之後知道他會安全地抵達學校，知道他在那裡得到不受操縱不受愚弄的教育；只不過是，在周末孩子有塊青草地可以奔跑，大人有個安靜的家可以休息……

例如輯二〈渡河〉，寫在萊茵河上搭渡船：

沒有崗亭，沒有警衛。沒有過境界石；不需要檢查護照，不需要回答問題，從德國到法國——只是單純的渡一條河。……歐洲的知識分子喜歡說，「我是歐洲人」，附加地才說自己是法國人還是荷蘭人、德國人。亞洲的情況似乎相反，東帝汶要跟印尼分開，香港恐慌必須和中國結合，南北韓四十年如一日地敵對，西藏與台灣努力想獨立……

而書中許多地方都讓人讀了低迴深思，例如〈滄桑市場〉一文，寫法蘭克福的跳蚤市場，「每垮一個政權，市場裡就添一批語音不同的人」；波蘭變動了，市場中就有無數賣波蘭的琥珀、水晶杯的攤子；捷克政權換手了，市場裡突然到處是捷克人的攤子，賣棉布、桌巾、被套、成對的枕頭套。作者說：

在一個無事的星期六，到萊茵河南岸走走，你覺得歷史彷彿就是現在。人們在那兒彎身試鞋，買一只鐵鍋，賣一個玩具，大聲爭執價錢。每一個人的背後有一個朝代的興亡故事，……

滄桑市場中拍賣的似乎是歷史、是政權。

五篇大陸印象的文章，讓人印象最深的一篇是〈山間小路〉，寫長沙的嶽麓書院。朱熹和張栻講學辯論，兩人渡湘江來回的地方就被百姓喚爲朱張渡。「渡口不以政治人物命名，卻紀念兩個著書立言的人——什麼樣的社會才允許這樣的事情？」八百年後，中國並未曾因爲有個偉大的教育家而改變，余秋雨《山居筆記》的〈千年書院〉寫文革時的嶽麓書院：「全國性的毀學狂潮，則比歷史上任何一個朝代都盛。……琅琅書聲沉寂了，代之以官場寒暄、市井嘈雜、小人哄鬧。」人在歐洲的龍應台關切的和余秋雨一樣。

當然，不同於以往引人議論的所謂「龍捲風」批判文字，作者也有純粹散文的抒情，例如「秋天」、「訃聞」或「給我一棵樹」，令人對人生有小小的喟歎。

托瑪斯曼離不開牠的德語文化，龍應台掙不脫她的華人情結，一個作家總要一塊土地，自己的土地。人在天涯，心繫兩岸，是所有華人作家共同的現象。

仰望別人的星空

——讀《遠方的戰爭》

《遠方的戰爭》選了二十九篇文章，篇篇都相當精彩。作者鄭寶娟十七歲就寫短篇小說，二十歲以一部二十萬字的小說贏得第一屆《聯合報》文學獎；然而，她旅居法國巴黎以後寫的散文與評論文字，卻卓然成篇，俱見作者的獨特思考深度。

作者在本書中表現出受到文化衝擊後的思考，描述人在歐洲對戰爭、階級、種族歧視、通俗文化、異國婚姻、消費主義、社會現象等問題的敏銳觀察、省思，往往見人所未見，言人所不言。

書名是第一篇的篇名，描寫丈夫在波斯灣戰爭期間每天熱中於美國有線電視新聞網的戰況快報，作者除了體悟「戰爭最大的罪惡其實並不在於兩軍戰場上的死傷數字，而在於它傳播偏見與仇恨的能力。」更有驚訝的發現：

> 我們時代所有驚人的事件全部發生在客廳裡那一屏小螢光幕上，伊索匹亞的饑荒、雷根與戈巴契夫在雷克雅米克的限武談判會議、鎮暴坦克開入天安門、槍決獨裁者西奧塞古、活捉諾利加、推倒柏林牆……但是我們並未因爲電視螢光幕一會兒出現中南美的饑童、一會兒出現非洲的餓殍，而變得悲天憫人，相反的，由於我們對各種災禍早已司空見慣，我們終於日甚一日地麻木不仁。電視弱化了人們同情與悲憫的能力。

而在觀看電視上的戰爭災難之後，在書中她又寫了〈關掉電視〉一文，提出令人怵目驚心的數據：

> 假如你的孩子自小就是個電視迷，那麼當他長到十五歲時，他總共會從那一屏螢光幕上看到一萬三千個兇殺案、六千五百個搶劫案、一千七百個強姦案，和至少十一萬對裸露的乳房。

這樣的論點讓人想起報上的新聞，英國有個年僅七歲的小作家，寫了許多暢銷又叫好的探險小說，他母親說兒子並非創作天才，只因爲他從不看電視，所以能想像、能思考。

巴黎地鐵是世界上唯一分頭等廂、二等廂的，近年才取消了頭等廂，作者由此聯想寫出〈人間的階級〉一文：「階級是人爲的產物，錢是唯一的評定標準。」車子、房子都是重要階級標幟，高爾夫球也是最具階級的休閒設施，在巴黎有價值二十萬台幣的女睡衣，可以買到全新的平價汽車。作者又說：

> 台北有一條「名人巷」，聚集的都是名人與有錢人，巷頭與巷尾都加設了崗哨，儼然形成了一個封閉的小世界，它以驚人的價格把一般人擋在外頭，輕易欺身不得。

作者也寫到被成績單上數字劃分「升學班」與「放牛班」的台灣學童，「用不著等到進入充滿殘酷競奪的成人世界，一個孩子就嘗到了被劃分等級的滋味」。而女作家說男人分女人只有兩種等級：美麗的、不美麗的，作者對此喟歎：

> 貴族王室可以被推翻，成績單上的紅字可以因爲努力而改寫，但那層得之於父母的皮，總不能剝下來換一層新的呀。

作者長居巴黎，仰望別人的星空之際，當然時時想起台灣的種種，例如在〈塑料的草坪文化〉中，她提及歐洲的土地除了耕田與建築外，全部由草坪、林樹、湖泊或人工水塘所覆蓋。然而，台北市處處是塑膠草坪，不長花不結籽，風來聚沙，雨來積水；甚至連大千居士的「摩耶精舍」及香火鼎盛的高雄佛光山都是塑膠人造草坪。

> 台灣的中國人不養草坪，原因絕對不是因爲太窮，而是起於對美的無感，對大自然的冷漠，對生活品質的不堅持。

沒有精緻的文化，處處皆見生活的粗糙。作者文中尚未提及，我們連面子都不講究，松山機場、中正機場內處處都是假草假花假樹，不用修剪、不用澆水，任由它積灰積塵。實在不相信我們幾百億的外匯存底，有的卻是那樣的國際機場。

除了《遠方的戰爭》一書，鄭寶娟之前出版的《巴黎屋簷下》也可以一併參照，仰望別人的星空後，看看台灣到處灰濛濛的一片，也許會有一番體會。

帶甘霖來的女子

——讀《知風草之歌》

知風草是原野中一種小野草。雖然環境很貧瘠，但只要有一點點雨水，它們就能生根發芽，蔓延滋長。而這種精神，正是中南半島那些孩子們的寫照。

一九七五年越南淪陷，柬埔寨、寮國也相繼赤化，中南半島瞬間淪爲殺戮戰場。超過百萬的難民湧向泰國尋求庇護，逃難途中屍橫遍野，於是聯合國難民總署設立難民營加以收容，安置百萬流亡人潮。楊蔚齡曾當過教師、救護員、國家公園解說員、紅十字會急救教練及空服員，一九八九年以後她申請加入「中泰支援難民服務團」，前往泰北爲難民服務了四年，曾將難民營的艱難情形報導出來，彙成《邊陲的燈火》一書。

楊蔚齡曾說她的書是爲五千落難炎黃子孫而寫的。而瘂弦先生曾說楊蔚齡的報導文學幾乎形成一股旋風，喚起冷漠的現代人沉寂的熱情，主要是因爲她的文章「全部淬煉自實際生活，沒有一絲虛構、情感率眞、文字樸實，有血有淚。」而「在一片追逐奇智炫巧的商業化現代文風中，這樣直見性命的文章，也最能彰顯出作者的人格與精神。」

讀《知風草之歌》，我們痛苦地發現中南半島柬埔寨那些長年戰火浩劫下倖存的孩子猶如草芥，隨時有被摧折、銷毀的可能，卻又堅韌地蔓延、滋長，只要一點雨水就能生根發芽。楊蔚齡是那帶甘霖來的可敬女子，給被戰火肆虐，早已枯槁的土地帶來生氣。

《知風草之歌》分成兩部分：「硝煙裡的知風草」、「荒地裡的知風草」。寫沒有腳、爬行乞討的小男孩的〈鞋子的滋味〉；〈一塊錢〉則寫遊客將一塊錢丟入泥沼中，無父無母的乞食維生的小男孩在泥沼中猛翻搜尋，最後找到握緊的不是一個銅板，是讓他手掌流血淋漓的玻璃碎片；〈山的孩子〉寫背弟弟的三歲小孩，媽媽清晨外出耕作前，將弟弟用布繩綁在他身後，直到日落西山媽媽回來，三歲的孩子背了弟弟一天，他嫌弟弟越來越重；〈火前的女孩〉寫燒飯而將稀飯打翻的小女孩，她的腳底起水泡、手也燙傷了，養母卻只顧用細竹條抽打她。此外也寫戰火而斷腿的乞討士兵、被俘虜全身被澆熱油瞎眼的士兵、孩子被螞蟻咬死發瘋的母親……。書中寫孩子的部分最多，最讓人動容，有感同身受的椎心痛楚。楊蔚齡筆下的小小知風草眞是讓人熱淚盈眶，滿是不忍、不捨。

本書以一文一圖方式細述知風草們掙扎求生的悲涼鬥志，如作者所言：「一張照片訴說一個堅韌的生命」，「也映照出戰火浮生中貧苦卻淳厚的容顏」。

楊蔚齡多年來爲中南半島劫後餘生的苦難華人奔走，尤其是爲華裔子弟提供就學機會。

本書見證了作者的悲憫胸襟、人道關懷，不同坊間風花雪月的女作家作品，寫一點所謂無怨無悔或溫柔相待、深情相遇的喃喃自語。

我們就是世界

——讀《在世界的邊緣》

幾年前美國的歌唱界爲了募款援助非洲流行一首歌——We Are The World（我們就是世界），當時只覺感動，不像讀焦桐《在世界的邊緣》受到震撼。本書是焦桐陪同台灣世界展望會成員赴非洲黑暗角落薩伊採訪寫的長篇散文，作者以平穩的文字寫薩伊的政爭、種族仇恨、愛滋病童、乾旱貧困所造成的人間煉獄。非洲是全世界兒童死亡率最高的國家，「他們的性命不會比台北街頭的一條癩痢狗更有價值。」作者以沉重的口吻說，他幾乎都將焦點放在兒童身上，寫他們的小生命是如何被扼殺、被棄若敝屣。作者所描繪出來的景象令人怵目驚心。

「目前全世界有兩百萬愛滋孤兒，其中的百分之九十在非洲撒哈拉以南地區。」「窮人差堪告慰的是比富人死得快，他們初罹此疾，不管傷風或什麼症狀，多無法治療，因此在還未飽受病痛折磨前就死去。許多薩伊人變得冷漠，危險地冷漠。」快速蔓延的愛滋病讓薩伊的兒童沒有明天。

書中描述薩伊街頭遊童的慘狀令人不忍卒睹。全薩伊超過兩百萬個兒童流落街頭，生病、受傷無人理會，情況較好的當擦鞋童、搬運工，情況差的到處行乞、賣春或翻撿垃圾來塡肚子。絕大部分街童都在飢餓、恐懼交迫中求生存，他們被視爲社會垃圾，有些城市甚至組成狙殺隊，以維持街道「清潔」爲名，屠殺街童。「我殺你。是因爲你的未來沒有希望。」一具童屍上掛著這樣的牌子。薩伊的街頭遊童是上帝遺棄的一群。

書中有寫實的文字和圖片來記錄薩伊全國的飢餓。

> 一個少年肩上托著破損的鋁容器，看似我們平常家用的那種沙拉油罐，裡面裝著半個塑膠袋麵粉，很寶貝的樣子。是的，飢餓時，他用這麵粉泡水生喝——這樣的一頓很可能是他當天唯一的食物。
>
> 這些青少年的衣不蔽體，很像剛從垃圾堆裡睡醒，分不清楚是皮膚還是汙泥；他們四肢細瘦，肚皮腫大，應該是營養不良。……下雨了，雨滴落在街童汙穢的身上，總留下清楚的泥痕。

然而，薩伊總統莫卜途卻視國家爲個人采邑，盜取國家資產成爲億萬富豪。「在薩伊，有十一座私人豪邸。爲了派機接一位朋友，他隨時可以取消航空公司的班機；爲了布置官邸花園，派軍機遠赴南美載運鮮花、綿羊。他每次出遊，要用公款雇整架飛機的啦啦隊，來保證到處受歡迎。」作者在書中將莫卜途總統的乖張、昏庸、揮金如土描繪得淋漓盡致，讓人深切看到權力的腐化。

而莫卜途總統爲了轉移人民對他的不滿，他技巧地挑起夏巴省人和卡賽省人的衝突，使群眾有了憤怒的目標，這項種族衝突立即製造了數十萬無家可歸的難民。難民營中受害最深的仍是兒童，書中寫到一對才一歲的雙胞胎兄妹，奄奄一息地靠在祖母懷裡，已經沒有力氣呻吟，而小兄妹的母親死於旅途中，三個兄弟也相繼死於飢荒引起的疾病。

> 妹妹全身大大小小的潰瘍；那張皮，鬆弛地垂掛在骨架上，像一塊破布；清楚的肋骨底下，是嚴重營養不良而腫脹如甕的肚皮，尖凸如芒果的肚臍，狀甚恐怖。

然後，作者以詩人的悲憫爲小兄妹發聲。

> 別再哭泣，當我的身體終於冰冷，
> 親愛的祖母，千萬別再哭泣，
> 請拉開我的眼皮，
> 我怕黑。

我們就是世界，我們就是那些兒童，讀《在世界的邊緣》有感同身受的悲愴。本書張艾嘉小姐的序也值得我們省思：

> 在我們這個表面太平的社會裡，父母絕捨不得孩子去吃苦，所以這一代的家長逐漸成爲賺錢的機器，而下一代就養成爲金錢的奴隸。在第三世界裡，人民窮於生存，我們的世界裡，窮於精神。

讀《在世界的邊緣》，認識的是非洲黑暗煉獄的薩伊，實際上也是爲了認識我們自己。

咖啡中的人生

——讀《帶隻杯子出門》

喻麗清曾經寫過這樣的句子：「活得辛苦的人是值得敬佩的，因爲對生命盡了那樣一分心。」接著又寫：「對人生沒有懷恨的人是可敬的，因爲給人樹立了一種境界——一種結局最圓滿的可能。」喻麗清始終對生命的悲喜覺得感動，對散文創作懷抱一種不渝的愛戀，這樣二十年的一分堅持讓人動容。

喻麗清畢業於台北醫學院藥學系，民國五十六年，年方二十二歲的她就出版了第一本散文集《千山之外》，赴美以後，接著又出版了《青色花》、《牛城隨筆》、《春天的意思》、《流浪的歲月》、《闌干拍遍》、《無情不似多情苦》、《蝴蝶樹》、《把花戴在頭上》、《依然茉莉香》，《沿著綠線走》，全部是散文集。她也寫過少數極短篇小說，編過《兒歌百首》、《情詩一百》、《蘇青散文》，甚至出過詩集、翻譯過法國小說《盲愛》，然而，喻麗清仍是傾全力在散文創作上的，她的散文讓人有耳目一新的感受。

《帶隻杯子出門》也是本散文集，書名是書中的第一篇，作者住加州柏克萊，周末的清晨帶著杯子出去喝咖啡，名爲「胖蘋果」、「核桃角」的咖啡店都在店內的黑板上寫著：咖啡五毛，自帶杯子者四毛。作者也感迷惘：是一毛之別造就自帶杯子的風格？還是帶不帶杯子明顯地區分了本地人與外鄉人？她說：

> 每當我在咖啡香的外向和茶香的內斂，一濃一淡之間，作我中西文化之別的哲學思維時，手中杯子便也不免同時給我帶來「異鄉人」的沉重與荒謬。荒謬的豈僅是自覺像一滴東方的油滴落入西方的江河，融已不易，自保更難。更荒謬的乃是自備杯子的比那不帶杯子的，看起來較有派頭的那種只可意會不能言傳的感覺。

喻麗清在周末的清晨帶著杯子出門，沿著柏克萊的街道，我們見到拿著不同杯子喝咖啡的人們；然後作者深入生活的底層，帶讀者進入她所描繪的悲喜人生：第一杯跳舞、第二杯黃花、第三杯墨鏡、第四杯旅途、第五杯奉獻。作者在小小的生活轉彎處帶讀者體會人生，例如〈植物出租〉寫她到「植物租賃」公司上班，還負責去看望照顧租出去的植物，她說：「租植物的人，要享受，不要麻煩。來買植物的，都是些不怕麻煩的傻子——如我。我想，所謂愛，就是一種不怕麻煩的藝術吧？」而作者的植物是有生命的，當然不能租賃，她在〈書房與花〉中說：「書房裡的花，在我，是朋友，不是裝飾。」而〈墨鏡的邊緣〉中她寫到去醫院的屋頂花園種花，花園正對著婦產科的病房，她說：「誰知道這高高的屋頂上，尚有那執著的花開在產婦們陣痛的淚水與歡喜的嬰兒啼聲當中。」作者的植物有生命，也有堅持，也有委屈，她在〈聖誕樹與禪〉中說：「聖誕樹，生來只爲一個聖誕節而活。在人的生命裡，一株聖誕樹眞的是那麼地沒有價值嗎？」作者爲植物抱屈，實際上也是爲生命不平，人生那裡有什麼是公平的？

喻麗清對文學藝術的所思所想也引人深思，〈忘記自己〉一文寫開車上班聽音樂：「那些愛藝術的人，如果不能愛到忘記自己的地步，想必是不容易堅持到底的。」〈歐遊風情畫〉寫哥德的故居有張未配椅子的書桌：「一張故意不擺椅子的書桌，爲了讓靈魂沉思那些崇高的眞理，努力克制肉身時時要偷懶的墮落。一張思考的書桌，終於創造出不朽的著作。」作者寫到瑞士時說：「上帝到底是公平的，這裡雖然有全世界最好的鐘錶匠，可沒產生過什麼大作家、大藝術家、大音樂家。」沒有藝術，瑞士似乎就永遠有那麼一點遺憾。作者到底是對文學藝術有分自豪的堅持，而這分堅持使得她的作品令人感動。

沉默的巨艦

——讀《海岸浮現》

王浩威在本書〈海岸山脈〉一文中寫著：

> 整座南北綿延的山脈是一艘沉默的巨艦。最碩大的船身，最凝滯的速度，沿著太平洋盆地的西緣，緩緩朝北而微微偏西地前進。……而船的前方剛好對準了一個十五萬人的濱海小城。於是那裡在船的撞擊下開始遽變，有些時候是半夜忽然整個城市搖籃般擺盪的地震，有時則是傳來有些家庭的改變，甚至是一些激烈的衝擊。關於這一切隨著船前進而牽扯動盪的，衍生成城裡一則又一則的傳說，開始以看不見的速度在街頭巷尾流竄。

作者將花蓮海岸山脈比喻成沉默的巨艦，而他爲這巨艦上的一切人代言，讓所有沉默的生命浮現。陳列在序中如此形容作者：「他有時觀照社會角落某些角色人物難堪的整個生命情境，或是切入生命底層，體會著人的孤獨、擔負和疲累，以及偶爾靈魂彼此交會的某個時刻中，存在的美麗可貴。他也凝視了人類脆弱的一面：生命在歲月裡的腐蝕，熱情的消失，自主性選擇的放棄，理想的淡逝，生活當中愈來愈微弱的掙扎。」作者在每一篇章中隨時提醒讀者：生命是無限沉重、無盡孤獨的。

本書共收納四十九篇短文。正如陳黎在序中所言，是一個來到島嶼邊緣的精神科醫師，寫小城鎭裡的邊緣人內心的邊緣感覺。〈扭曲的照片〉中寫一個退休男人的回憶，照片中四個神采飛揚的少年，轉眼間一個在太平洋戰爭中消失，一個在白色恐怖中被拘捕、一個被送到玉里精神病院，而唯一倖存的老人則在退休後開始翻閱過去的相片。〈森林大霧〉寫原在山上林場伐木的工人夫妻沒有伐木工作可做，失業後閒置在城市中，如被趕出森林的野獸。〈娘娘出嫁〉一文寫精神失常的女子嫁到花蓮的農家。〈山豬與猴子〉寫原住民小孩到山下讀小學的情形，他每晚在夢中被嚇哭，因爲山下的村子只不過是「比自己部落更大，車子更多。樹木更少的地方而已。」〈地上歲月〉（這原是陳列一本書的書名）寫陳列的故事，「從黑獄中走出，站到台上競選省議員了。」〈奔跑的睡眠〉一文中有當應召女郎的母親，而小女孩被隨母親回來的嫖客強暴了，長大以後的睡夢裡常常是永遠驅逐不去的驚惶奔逃。作者全書中充斥著生命不能承受的沉重、傷痕、屈辱。

作者對純樸花蓮的變遷有深沉的感傷，〈海嘯淹沒的城市〉中寫著：「海的撲岸日復一日地吞噬了這個城鎮，那些碼頭，那些船民的住宅，現在全都沉落在看不見的海洋深處了。甚至害怕更大的浪隨時會佔領這一切市鎮。越來越長的堤岸就這樣在海洋的吆喝聲中，逐漸越長越高了。……知道城市是和人一樣，有著一定的生和死，特別是離海這麼近的一個小市鎮。」景物不會依舊，當然人事也已面目全非。在附錄「夜生活的花蓮」一文中寫花蓮汲汲於向台北任何流行風尚看齊，落入了二流模仿的命運，所以KTV、柏青哥、PUB等聲光場所，甚至營業到凌晨三點五點的茶藝館或咖啡屋都如雨後春筍般出現，花蓮本身的地方特色不聲不響地逐一消失了。所謂的花蓮，在文化意義上將會完全消失滅亡。這樣的喟嘆在另一篇附錄「花蓮文學的特質」中所提作家王禎和、劉春城、林宜澐、楊牧、陳克華、陳列、林滄湞、孟東籬的身上似乎也可以見到。

本書中有些篇章實際上較適合寫成小說，如〈娘娘出嫁〉、〈傾談圍城〉、〈逛醫院的大包裹〉、〈熱天巴士〉等。而在〈消失的遊行〉一文中作者寫小城花蓮的三條老街：「中華路是依港廳命名，大家都稱高砂通的；就像現在的中山路是當年的黑金通，而中正路的名字更典雅，稱爲筑紫橋通。」筑紫橋通是否比中正路典雅不得而知，然而，筑紫橋通、高砂通、黑金通倒是讓人想起日本統治的那段殖民歲月，是台灣的另一種傷痕和屈辱。

不平凡的回憶錄

——讀《林家次女》

本書作者林太乙女士有個不平凡的父親——林語堂先生。語堂先生曾爲自己做一副對聯：「兩腳踏東西文化，一心評宇宙文章」，而這樣不平凡的父親給了女兒不平凡的教育。作者曾自言小時候別人總指著她說：「她是林語堂的女兒。」後來，有時不說了，多半是因爲人家已經知道她是誰的女兒。

林太乙是林語堂的次女，曾任《讀者文摘》中文版總編輯，著有多部小說，包括《丁香遍野》、《金盤街》等，均以英文撰寫，並且譯成多種文字出版。她曾受聯合國文教組委託，將《鏡花緣》譯成英文，在英美兩國出版。最特別的當屬作者寫膾炙人口的《林語堂傳》，出色的作家女兒寫自己的不平凡父親，鉅細靡遺的家庭瑣事，加上子女孺慕親情，《林語堂傳》中的林語堂更不同凡響，非一般人的傳記或自傳可比。

寫了父親，作者在《林家次女》中寫自己，不平凡的家庭出身的作者寫童年、成長的回憶自是與眾不同。

《林家次女》的序中有作者的自白：「我不平凡的教育從小時在上海開始。父親倜儻不群，對什麼都有創見，他認爲整個世界就是大學堂，在學校裡能學到的東西不如從校外所見所聞能得到的知識。」因此不平凡的父親竟然不要女兒上大學，他要她入社會做事，唸「文學所取材的人生」。作者引用小說家沃爾夫的話「故鄉是不可能再回去的」，童年是再也找不到的，就像她記憶中童年的上海早已不存在，景物不會依舊，人事更是全非。然而藉由這本生動的、不平凡的回憶錄，我們似乎也身歷其境地回到林家次女充滿快樂而豐富的童年裡。本書中收錄二十九篇作品，都不算太長，而篇篇如行雲流水，不虛矯不誇飾，流露著自然迷人的文字風采。第一篇是〈移植上海的廈門人〉，主要寫作者的母親廖翠鳳女士，「母親則依她在廈門鼓浪嶼娘家的家教教導我們」，「母親移植在上海，周圍都是他鄉人，她不相信他們，樣樣要廈門的才好。她好像在異域建立廈門基地。我們在家裡當然講廈門話，女僕是從廈門帶來的」，「我們雖然在外國長大，還是不折不扣的中國人。」作者曾分析母親廖氏家族的特徵是絕對的自信。

本書有作者敏銳的觀察力和超人的記憶力，〈我們要去美國〉文中作者回憶：「上了大船，大人又和親友們寒暄，爸爸在大廳裡叫檸檬汁給大家喝。侍者是個身材高大的美國人。我在上海所看見的外國人都是有地位的。沒想到也有當侍應生的外國人。」小孩子的想法似乎是當時中國人國窮志短的通病。然而，作者很快在文化衝擊下藉由不平凡的家庭教育下保有對自己文化的信心：「船上有許多外國老太婆坐在甲板上晒太陽，雞皮鶴髮、濃粧艷抹、露胸露背，我看了覺得很滑稽。中國老太太哪裡會這樣顯醜？……一上岸，就知道這是美國了。處處是白人，搬行李的，開汽車的，賣報紙的。美國人不再是個個有地位的。」相反地，「我突然第一次感覺到我們是中國人，與眾不同。」

而作者的童年、成長經驗的確與眾不同，童年在上海，不平凡的父親覺得女兒什麼都該見識，他帶女兒去館子叫條子，說那些女人是因爲窮不得已，不可看不起她們；在家裡則關門關燈躺在地上靜聽弦樂四重奏；在美國飽受文化震撼，父親則教子女如何適應；在歐洲，父親又帶作者探火山口、參觀教堂、看脫衣舞……因此作者有豐富的學識與知識可以在十八歲時去耶魯大學教中文，擔任《讀者文摘》總編輯工作長達二十二年。

〈移植美國的中國人〉一文中作者寫母親：「廖家不是書香世家，但廖家的家教使我一輩子受用。媽媽教我們燒菜做飯，刮魚鱗，洗豬肚，我們什麼都來，我們不是弱不禁風的大家閨秀。媽媽教我們剪衣料做旗袍，打結做鈕扣。」作者有幾句話對新一代移民美國的中國人可能大有裨益：

> 什麼是中國人呢？我們珍惜懷念的是一種品質，對人對事的態度，是家庭觀念。

本書最後一篇是〈春日在懷〉，作者回去找童年的上海：

> 不，上海以前沒有這麼多人，沒有這麼髒，起碼在靜安寺一帶沒有這麼髒。……我不願意再往前走了。我決心回去那似曾相識的弄堂。……回憶比什麼都寶貴。地坼天崩，改變不了我的回憶。光陰荏苒，奪不去在懷的春日。

童年，故鄉是回不去的，作者卻見證了一個不平凡的時代，記錄了一個不平凡家庭的不平凡故事。

美麗與浪漫的背後

——讀《小腳與西服》

提起徐志摩，讀者就聯想起他美麗的詩文：「悄悄的我走了，正如我悄悄的來；我揮一揮衣袖，不帶走一片雲彩。」也不會忘記他與陸小曼那段浪漫的愛情。而張邦梅所寫的《小腳與西服——張幼儀與徐志摩的家變》一書，卻讓讀者對徐志摩膾炙人口的詩文有所質疑，對大家一向津津樂道的徐陸戀情大打折扣；美麗與浪漫的背後，讓讀者面對一個無情的平凡男人如何拋棄柔弱溫順髮妻的殘酷事實。

張幼儀和徐志摩的婚姻是在兄長張公權的做媒下促成的，只勉強維持七年，徐志摩就以「小腳」和「西服」不適合堅持離婚。美其名是中國近代第一件西方形式的離婚事件，實際上當然是幼儀被徐志摩休了。幼儀在傳統重男輕女的社會長大，被休後卻能自立自強，成爲上海第一位女銀行家、服裝公司的經理；本書所記錄的幼儀一生足堪全天下女子表率。

作者張邦梅是幼儀的姪孫女，是移民的第三代，出生在波士頓，畢業於哈佛大學。作者在本書中也試圖從上一代在東西方的認同衝突中找到自己的定位，學習如何在兩種文化間取捨。

就像讀者對徐志摩與陸小曼或與林徽音的愛情感到濃厚興趣，他們也對徐志摩原來的婚姻無比好奇。《小腳與西服》對徐志摩的形象可能有所傷害，卻是更眞實的徐志摩。

在〈我所知道的康橋〉一文中，徐志摩寫：

> 初起我在離康橋六英里的鄉下叫沙士頓地方租了幾間小屋住下，同居的有我從前的夫人張幼儀女士……那年的秋季我一個人回到康橋，整整有一學年，那時我才有機會接近眞正的康橋生活……我那時有的是閑暇，有的是自由，有的是單獨的機會。說也奇怪，竟像是第一次，我辨認了星月的光明，草的青，花的香，流水的殷勤。我能忘記那初春的睥睨嗎？

在《小腳與西服》中，幼儀也記錄了她與徐志摩在沙士頓的生活，沒有愉快、沒有甜蜜，只有冷漠、只有恐慌。徐志摩根本無視妻子的存在，根本不和她說話。在幼儀懷孕時，徐志摩要人生地不熟、言語不通又身無餘錢的妻子去墮胎，不久又提出離婚要求，甚至不告而別，留下投訴無門的妻子。

幼儀沒有墮胎，她投奔了巴黎的兄長，又轉往柏林生下兒子，彼得在三歲前病故，只見過孩子一面的詩人大聲疾呼寫下感人肺腑的〈我的彼得〉一文，說自己對幼兒夭亡的感覺：

> 覺得心裡有一個尖銳的刺痛，這才初次明白曾經有一點血肉從我自己的生命裡分出，這才覺著父性的愛像泉眼似的在性靈裡汩汩的流出……

徐志摩又特別強調他「本來是歡喜小孩們的」，喪子心情當然是極爲傷痛的。讀者或者另有詮釋，禁不住會想到徐志摩以無情又不耐的口氣叫妻子墮胎的一幕。而人文薈萃又充滿浪漫情懷的康橋風光，在《小腳與西服》一書中，只顯出荒謬、諷刺的味道來。

讀者也許不必太在意徐志摩對張幼儀的態度。他們婚姻最大的悲劇是，徐志摩和張幼儀都是小孩就成婚了，十九歲男孩娶了十五歲女孩，而年少又自認西化的志摩本性放蕩不羈、風流倜儻，他只會寫詩，不知道如何面對他自始就輕蔑的妻子，只好不告而別。如果站在一個較寬容的角度來看，徐志摩也令人同情，不知如何解決婚姻問題，更不會處理與陸小曼的戀愛問題。詩人的浪漫熱情只會留在美麗的詩文中，不適攤開在陽光下。

《小腳與西服》記錄一個女人堅韌不凡的一生，也記錄一個男人背後任性懦弱的另一面。

精緻不易，完美更難

——讀《從精緻到完美》

黃碧端教授曾說過張繼高先生是精緻和講究的，因爲講究，他和整個台灣社會在經濟起飛前的因陋就簡以及起飛後的財大氣粗自然是格格不入。這格格不入使得張先生帶點憤世的意味，然而又因爲他是講究的，即使憤世，也還是一種優雅的憤世——優雅地憤世也正是我們的時代難以繼續培養的一種人格特質。這段話說得極中肯，繼高先生要求精緻，要求完美，只能與這個粗鄙的社會格格不入的優雅憤世在作品中隱隱約約流露出作者的孤寂。

在《從精緻到完美》一書中，一向提倡精緻文化的繼高先生更一針見血地直指了社會、政府的一些弊端。「沒有一個有效率的機關或國家是不整齊清潔的。凡是政治安定、社會安寧的國家，大都也都是整潔，內心裡有秩序的整潔，便是道德。」「我們今天的社會，在富足之後而仍有這麼多髒亂、暴戾和犯罪，顯然是眾多人的心態有了問題。在大多有成國家之中不難發現：愛美也是一種道德。」然而，台灣社會所呈現的又是多麼令人傷心悲痛，汙濁的河川、亂砍亂伐的山坡、充滿垃圾的城市鄉村、震耳欲聾的噪音、蒙塵黑壓壓的天空。連國立故宮博物院，政府招待外賓必去的炫耀地點，自誇是外國觀光客最鍾情的所在，門前卻是攤販群集，違規車輛充斥；巴黎羅浮宮名畫來展覽，美其名是提升國民藝術生活，卻只見首當其衝的財團在故宮門口蓋十幾層的大樓，卡車、沙石車川流不息地呼嘯奔馳，而政府坐視不管，故宮無能爲力。

在這樣粗鄙、低俗的社會中，提倡精緻文化談何容易，追求完美更是難如登天。台灣的社會變成今天的千瘡百孔，實際上其來有自。「今天，低下層社會的人，尊敬有錢的人。中層社會，乃自中上層社會的人，尊重有權的人。但眞正的上流社會，則是尊重有智慧的人。提升智慧指的是能使人深，能使人遠，能使人超脫，不流俗。」然而，現今社會能尊重有智慧的人少之又少，所謂的權貴或大人物不但不讀書、沒有眞正的朋友，而且鎮日渾忙，不會思考。「思考的能力也隨之退化，連帶對其他人的思考行爲與成果，也變得不能理解與欣賞。看來雖仍睿智英明，實則渾渾噩噩。」

繼高先生的話値得政府、國民深思。「所有日本白癡式的電視節目台灣幾乎都有翻版，通過商業管道來大肆傳播。……有什麼樣的文化就有什麼樣的人民。」政府首長以唱日本連續劇主題曲爲樂，老百姓的休閒生活以卡拉OK、KTV爲主，青少年更學日本的暴走族去飆車，這不是上行下傚嗎？

沒有精緻的人和思考方式，絕不會產生精緻文化。是振聾發聵的聲音，然而，字裡行間是眾睡獨醒眾濁獨清不與流俗同的孤單寂寞。《從精緻到完美》，作者表現出這個粗鄙、喧囂社會中難能可貴的人格特質。

妙筆能生花

——讀《遠山一抹》

思果曾在〈幾篇文章，幾位作者〉一文中自述與散文結緣經過：早期爲文，受益最多的是《周作人代表作選》和半部《聊齋》，因而與雜文寫作結緣；但其借鏡之處仍以西方散文作家爲主，包括藍姆（Charles Lamb）、林德（Robert Lynd）、盧克斯（E. V. Lucas）、畢額本（Max Beerbohm）、亨特（Leigh Hunt）、赫森（W. H. Hundson）等。李豐楙先生曾對思果的散文有中肯的評論：

> 早期的散文常有英美散文的格調：日常瑣事，虛擬或實寫，多能開展變化，抒發己見，其中頗有諧文的趣味。惟其文字風格，間有冗長而歐化的現象，引文亦稍多，其後寫作、翻譯日久，對於劣譯及早期新文藝作品的影響，有深刻的批評，因此一再呼籲重建標準的散文。……近期的寫作，自有親切而流暢之感。……或記瑣事、或論天下事，

亦可品文譚藝，其中最有成就的多屬人情練達一類，在平實中具見其人生觀察；尤其退休後寫平淡心境之作，老練而有味。（《中國現代散文選析》五九二頁）

「老練而有味」的作品在《林居筆記》、《曉霧里隨筆》、《黎明的露水》、《雪夜有佳趣》、《剪韭集》等書中處處可見，而《遠山一抹》當然也是老練而有味，我們更在其中見到作者生花的妙筆，對文學、生活的深刻體會做最佳的詮釋。

作者在序中自言，談文藝、談讀書、寫作，談語言，都該有許多層次，而遠山一抹，正不可少。書中有〈遠山一抹〉一文，他解釋說：「怎樣才能戛然而止，而又餘味不盡，引人深思，是藝術。沒有金鍼可以度人，只有慧心想得到那一筆，也許有些像畫龍點睛吧！」作者認爲不管是散文、詩詞、小說、戲劇或繪畫，都需要那有慧心巧思的畫龍點睛結尾，也就是精緻的、完美的句點。

本書分四個部分：文學研究、寫作、語文、書和讀書，包括四十幾篇論文學、文字或寫作經驗、閱讀感想的文章。而作者善用中外文學掌故、文人軼事，亦莊亦諧，常常令人低迴深思。

作者在〈文學的幾個特徵〉一文中說：「人都貪圖省事，所以喜歡看電影（現在是電視）的人多，喜歡看書的人少。」他不無喟歎、惋惜之意，〈文學與人生〉中說：「文學不是糧食，可是人有了它，生活就大爲不同了。」在〈文明之聲〉中，他寫友人贈送唄爾門寫的《畢額本肖像》，因爲沒有讀者借閱，圖書館將此書廉價出讓。作者又說，英國詩人雪萊沒有讀者，美國當代最偉大的散文家瓦逸（E. B. White）的文集也因爲讀的人少，被圖書館拍賣。「唄爾門書的末章題目是〈最後文明之聲〉，三十年前已有這個嘆息。他如果知道他的書已經沒有人讀，這句話也可以用到他本人身上了。」好書已少有人讀，有人甚至根本不讀書，人心的匱乏、貧瘠，舉世皆然。

〈最後一次〉中，作者寫：「朋友相交。每次會面要當最後一次，每次寫信要當最後一封。一句話說得大意，傷了朋友的心，那就成了最後一句。」這樣的生活哲學用在夫妻的相處上更見智慧：「我以爲要當每天是最後一天。這樣想法，就會當每一秒鐘都該珍惜，不會鬥氣、爭吵、埋怨、苛刻要求了。」而作家的文章也應該每一次都當作是最後一篇，那就會戮力經營、小心謹愼了。

作者也有些憤激之詞，令人心有戚戚。他自謙中文雖然不算好，「愛中文像自己的親人倒眞」，他說日文用中國字，學中文，可是日文不是中文，我們卻糊里糊塗用許多日本名詞，如經濟學、盆栽，〈中文種種〉一文中寫著：「現在什麼店都喜歡叫什麼屋，眞叫人髮上指。」因此，他極力批評大陸簡體字之妄：「這正是共產黨政權的縮寫，把原有美好的一切全拋進垃圾箱，換上他們認爲寶貝的醜陋代替物。……自古以來的暴君，連隋煬帝、希特勒、史達林都算在內，沒有一個及得毛澤東荒謬，對自己國家、人民危害慘烈的。簡化漢字是大罪中的小罪，不過危害國家已經不輕了。」因此大陸的青年不但古書，連民國出版的書都不能讀，爲了表示禮貌，把台灣的范先生寫成「範先生」，余先生寫成「餘先生」。

對所謂新新人類來說，《遠山一抹》可能不夠絢麗，不能吸引人，「分心的事太多，第一是電視……光是電視就把所有光陰耗盡。」然而，思果先生的文章畢竟是有味道，我只希望他的書不會像畢額本、瓦逸一樣被拍賣。幸好台灣的圖書館不會將冷門書拍賣。

荒謬的時代，高貴的靈魂

——讀《傅雷與他的世界》

一九六六年八月三十一日晚上，文革剛開始，上海音樂學院的一批紅衛兵將一對夫婦拉到大門口，逼迫他們戴了高帽子，跪在地上，隨後又罰站在板凳上。紅衛兵抄家洗劫了四天三夜，九月三日一早，這對受盡屈辱的夫婦被女傭發現雙雙棄世，先生服毒，太太上吊自盡。自殺的這對夫婦，就是譯壇巨匠傅雷和夫人朱梅馥。傅雷留下遺書，請妻弟代付九月份房租，甚至連火葬費也預先付好，女傭過渡期的生活費也考慮到，被紅衛兵抄去的親友首飾也代爲償還。這就是一生行事坦蕩磊落的傅雷，高貴的靈魂將身後事視同人生的大事，絕不含混，清清白白。

高貴的靈魂置身於髒汙的社會，注定是一場免不了的悲劇，《傅雷與他的世界》中明白揭示這場悲劇。

一向正直不屈、嫉惡如仇的傅雷，以莫須有的罪狀被抄家批鬥而自殺，（在那個瘋狂的時代，又有那一個不是以莫須有的罪名蒙冤呢?)後來昭雪平反，首先是兒子傅聰以琴音來追思悼念的「傅雷紀念會」，又有「傅雷逝世二十五周年紀念展」，另外就是《傅雷家書》、《傅雷譯文集》、《譯壇巨匠：傅雷傳》的出版。香港金聖華女士還不遺餘力推動「傅雷翻譯紀念基金」計畫，將歷來各方所撰紀念文字結集，出版《傅雷與他的世界》來紀念傅雷伉儷逝世二十七周年，歷史血跡斑斑，這些紀念行動紀念的不只是一個知識分子的悲劇，它紀念的其實是一個美好國度的文化淪喪、人性的扭曲。多數人(尤其是大陸知識分子)常將文革的浩劫歸咎於林彪、四人幫，卻不知毛澤東才是主謀，他的昏瞶姑息了十餘億人口當共犯。整個民族幾乎全力使壞，將千年來的美好毀於一旦，有良知的知識分子也是被毀的對象。對傅雷的紀念文字是對所謂新中國的追悼。

傅雷曾留學法國，一九二九年至一九六六年棄世爲止，幾乎全力潛心於翻譯工作，重要作品有羅曼·羅蘭《約翰·克利斯朵夫》、《巨人三傳》及巴爾札克《高老頭》、《邦斯舅舅》、《貝姨》等，傅雷的譯筆以「行文流暢、用字豐富、色彩變化」出名，號稱「傅譯體」。而後來《傅雷家書》的出版，更讓人對傅雷的人格、藝術涵養有更進一步的認識。《傅雷與他的世界》因此收錄了兩方面的文字，第一部分「懷傅雷」，包括友人心目中的傅雷、晚輩子女心目中的傅雷；第二部分「評傅雷譯著」，包括有關《傅雷家書》部分、譯作方面、著述方面、音樂藝術方面等。傅雷生平好友甚多，如錢鍾書、楊絳伉儷、柯靈、雷垣、周煦良、施蟄存、宋淇、黃苗子、林風眠等，而他獨具慧眼，最早發現賓虹老人的繪畫成就，兩人成爲忘年交。本書中楊絳、樓適夷、劉抗等人的文章可見一斑。

傅雷字怒安，取義於《孟子》「一怒而安天下」，稿紙上則自署「疾風迅雨樓」。葉永烈〈傅雷之死〉文中將傅雷的個性描繪得很深入：「一個寧可站著死，不願跪著生的人。……沒有媚骨，唯有傲骨。」而說得更傳神的，卻是編者金聖華對傅聰的訪問稿〈父親是我的一面鏡子〉，傅聰是傅雷充滿父愛的苦心孤詣、嘔心瀝血（引樓適夷語）教育的對象，他了解父親最深，「在父親狂暴一面的背後，我看到了難以置信的內心的煎熬與磨難。……父親一開始就是烈士的典型。」

> 他對這世界已經無所留戀。從我有記憶開始，就知道他基本上是個極端憤世嫉俗的人，就像《約翰‧克利斯朵夫》這本書所說的一樣。但他同時愛藝術、愛美麗的東西、愛可愛的人和自然界。他的愛與他的恨一般強烈。我的父親是「孤獨的獅子」，他是卡珊德拉一類的人物。（卡珊德拉是希臘神話中眾人皆醉我獨醒的先知）

傅雷剛烈易怒而不能安，再加上知識分子的天眞，唯有步上棄世的悲劇。《傅雷家書》中大部分是父子在藝術天地中的追求與交流，卻也有一些傅雷的天眞想法，例如一九五七年三日十八日，在北京聽「毛主席」講話後寫的：「毛主席只有一個，別國沒有，彎路不免多走一些，知識分子不免多一些苦悶，……偉大的毛主席遠遠的發出萬丈光芒，照著你的前路，……想想有這樣堅強的黨、政府與毛主席，時時刻刻作出偉大的事業，發出許多偉大的言論，無形中但是有效的在鼓勵你前進。……」這樣的論調，今天讀來，充滿反諷，似乎不像傅雷的作風，只能歸爲藝術家的天眞，而剛烈又天眞的性格遇上文革那樣的風暴，他是毫無招架能力就以身相殉了。

《傅雷與他的世界》是高貴靈魂對一個瘋狂時代的控訴，讀之令人惻然。

給孩子一座山

——讀《山黃麻家書》

民國以來最有名的一部家書當屬《傅雷家書》，是一個有才學、有風骨的學者父親對兒子的嚴峻要求，而傅聰也的確不違父望，成爲有名的詩人鋼琴家。劉克襄的《山黃麻家書》則不然，是一位縱情山林的慈藹父親，寫出對稚子的盼望，盼望他們成年以後，也能擁有浸沐在自然懷抱的幸福。傳統上，大多數中國的父親，一直都具備著傅雷望子成龍的嚴父形象，《山黃麻家書》勿寧是一本比較特別的家書。

本書分六大部分：一、「旅行觀察篇」，收錄〈無尾港之旅〉、〈冬山河之旅〉、〈野溪紀行〉等十六篇文章；二、「植物篇」，收錄〈大葉山欖與平埔族〉、〈木薯〉、〈黃槿林〉等七篇文章；三、「鳥類篇」，收錄〈貓頭鷹〉、〈白色鴨子〉、〈黑冠麻鷺〉等十三篇文章；四、「動物篇」，收錄〈貧齒鯨〉、〈抹香鯨〉、〈蛇〉等十五篇文章；五、「登山篇」，收錄〈雪山之旅〉、〈外木山〉、〈金凍山下〉等八篇文章；六、「學習觀察篇」，則收錄〈小綠山的第一年〉、〈沼澤原鄉〉、〈死亡之書〉等十篇文章。劉克襄一直被視為「鳥人」作家，是台灣野鳥的知己，他寫過《風鳥皮諾查》、《座頭鯨赫連麼麼》、《旅鳥的驛站》，都是以看似不毛之地的關渡沼澤區為主，寫出膾炙人口的動物小說，為自然生態環境做見證。然而，眼看關渡成立自然公園無望，於是無奈地轉彎去專研台灣史的自然志，並進行古道的野外探查。這本家書是作家對台灣自然生態的關懷體悟，讀者似乎也可以跟著孩子們一起穿越幽闃的森林，欣賞鐵道旁的野花、採食小綠山中的鮮紅刺莓漿果，甚至認識條紋松鼠、黃鼠狼、長鬃山羊、台灣獼猴或台灣煙尖鼠；而作者也不諱言他對台灣恣意破壞生態環境的痛心。

劉克襄的《自然旅情》書中曾提及他的理念，即使是守望在城市的一處窗口，一個自然的觀察者，也能看到四時的遞嬗和自然界生長變化的豐富多采。因此，家書中也不斷地描述小綠山種種。小綠山是作者住家附近的小山，位在通往萬芳社區的山路邊，小綠山海拔約五十公尺，林相以相思林為主，旁邊還有一座隱密的小池塘，平常只須五分鐘就可走完。在作者的長期觀察下，台北近郊處處可見毫不起眼的小綠山，是有趣而熱鬧的。

藉由作者的觀察，讀者了解小綠山除了相思樹外，上層有白匏子、野桐、九芎、血桐、江某、杜英和竹林等。中層則有薯豆、水冬瓜、黃肉楠、水同木、玉葉金花等，下層還有九節木、野牡丹、燈稱花、毛蓮菜與各種蕨類，儼然是一個植物園；而林中所住的鳥類也儼然是鄭板橋所稱的鳥國鳥家，有黑枕藍鶲、小彎嘴、五色鳥、山頭紅、粉紅鸚嘴、綠繡眼、尖尾文鳥等。

作者展現的似乎是人與自然同體的觀念，他花很長的時間坐在池邊，只是想讓池邊的動物認識、熟悉、接受他，時日一久，老朋友也的確都來到身旁：

> 小白鷺阿英佇立在對岸血藤爬滿的大樹頭。魚狗魯魯坐在血桐下打盹。小彎嘴單眼又跟兩隻同伴，沿著池邊，在五節芒的草叢鑽探。紅尾伯勞茶火在枯枝上遠眺。琉璃色側胸的銀蜻蜓飛到池裡巡行。纖弱的豆娘們仍在長梗滿天星中棲息。……

如果我們都能深入地了解自己所處的環境，相信大自然不會受到那麼大的傷害。

作者在書中並流露對自然生態被破壞的傷慟。〈大樹之歌〉中寫北海岸的一棵樹齡很大的雀榕，附近的居民在它身上纏繞電線，還掛漁網舖曬。樹幹上的樹洞裡也堆積著廢棄的空罐頭和寶特瓶。〈湖邊的旅行〉中則寫湖中每過一陣就會有釣魚客丟棄的魚鉤、魚線和釣魚用品。於是，不管去湖邊、去登山，作者總會費心地要把破壞環境的垃圾減少一些。然而，那些被濫墾、濫採、濫伐的山林慘狀，都是作者無能為力的。在〈露脊鯨〉中寫生活於淺水海域的鯨魚，「最接近我們的鯨魚，也是地球上滅絕最快的一種。」自以為萬物之靈的人該感愧怍。

父母們讓小孩去學英文、鋼琴、舞蹈或珠算時，也許該深思，如果給孩子一座山，他學的是不是更多？他是不是會過得更快樂？《山黃麻家書》值得讀者深切反省，給後代子孫更珍貴的遺產。

與滿山野菜談一場戀愛

——讀《食野之苹》

《食野之苹》這本書的副標題是「台灣野菜圖譜」，作者將每一種提及的野菜都落筆素描，本書因此是圖文並茂的。然而，初閱之際，常不自覺地就將它誤讀爲「台灣野菜食譜」，因爲作者的確是不厭其煩地、努力地告訴讀者如何採食野菜、如何烹調，甚至口味如何，有無藥效都註明了，比傅培梅的食譜還精彩。

本書介紹了十八科野菜，幾乎都是一科介紹一種，只有十字花科中涉及山芥菜、細葉碎米薺兩種，繖形科中介紹水芹菜、鴨兒芹兩種，蓼科中扛板歸、火炭母草兩種，及薑科中月桃、野薑花兩種；菊科中介紹的最詳細，有昭和草、咸豐草、紫背草、茯苓菜、山萵苣、苦苣菜和假吐金菊七種。書前有曉風的序〈有木氏淩拂〉、劉克襄的序〈山居歲月〉，而作者則在自序〈絡草經綸〉中將寫作本書的緣由交代得很清楚，她似乎時常在荒郊山野，五體貼地，聆聽著所有綠色精靈的愛怨情仇。

「我在一大片蛇根草前坐下，天命與年歲，這裡有另一種時間存在。六百歲的紅檜正值青春年少，雨後幾小時的菌菇已屬太老。大樹頂梢站著陽光，生命的愁容、莊正，我想看看短促的菌菇獨處時做些什麼。」

「在那樣密集的森林裡，植物之間不知道是不是也有故事，我觀察植物的靜默，讀他靜默中的生死離去，植物不知道是不是也有語言，相親裡故意忽略對方。但不離開彼此太遠，孤獨的傾聽、安慰、接納、包容，也孤獨的欣賞自己的彈性。」

「四圍野草終年常濕，闊葉樓梯草終年水潤，草木知己，綠樹前身，若有輪迴，我當企望回到自己的最初，返照幽谷，來世就生做一株寂然自寂的小草，無聲，但嚴持一貫，整飭、清淨。或恐是這一世唯一期待的夢吧！」

來世能不能成爲一株小草且不去計較，今生先與小草談一場轟轟烈烈的戀愛吧！「暖暖的初冬裡假吐金菊、細葉碎米薺、繁縷、山芥菜、紫背草等一一抽芽，……立冬之日起，山芹、水芹、龍葵、小葉灰藋、蛇莓、銅錘玉帶草……一路迤邐。從雨水、驚蟄、清明、穀雨，甚或展現到小滿、芒種，而後是月桃、蕺菜、長梗滿天星；立秋之後，處暑、白露野薑花登場，寒露、霜降之交山芙蓉展姿……季節裡開花，季節裡結果，季節裡落葉、積塵、抽芽，種種照面都成了我荒山野嶺銘刻的寵幸。」

這樣深沉的、不同凡俗的戀愛令人羨慕，甚至嫉妒，寂然無聲的相知境界唯有作者與野菜懂得，他人分明只有羨妒，絲毫不能橫刀奪愛，強拉一株到身邊來，彼此也只是生分，徒留悲情。

採了紫背草，我喜歡直接炒食，脆脆的青草莖，味似茼蒿，嚼得嗞嗞喳喳，充滿了耿介的骨，潦倒窮途，肚子嫌餓了的時候的高傲的心。

苦苣菜倒是另有強悍個性，四時四地埋伏，在岩縫、石罅中比在肥田沃土中順遂。……採苦苣菜，細說苦味。譬如歎老卑窮苦；將軍飄零苦；壯志未酬苦；然而吞下去，忍辱含屈，能吃得的苦多半清熱解毒；譬如苦瓜，譬如黃連。……野地裡的苦苣賤得好似人命，可是飄零苦；壯志未酬苦；然而吞下去，忍辱含屈，能吃得的苦多半清熱解毒，這是眞的。

「野薑花白白的開在陽光底下，不能不驚嘆那樣濃稠的香一半是警告，我頂多只能偶爾拿了它泡茶，深心靜定的啜一口即止。」新芽或花瓣，可川湯、可油炸，炒烏賊、牛肉絲，「野性芳香，入口之後，用胃去消化，心去反芻。」作者說「太濃麗的東西全是情緒，那能常常獨享。」

蕺菜別稱魚腥草、臭腥草、臭臊草，「臭味聊勝於索然無味。……比起輕薄俗麗的香，蕺菜的臭到底是正大的，不像酬酢中的客套，虛華金粉裡的香息，有的盡是應對。」然而，蕺菜卻能煎茶、煮湯、解熱、消癰，甚至揉葉絞汁，還能當自然化妝水，消除褐斑、美化肌膚……腥臭還原到最初的美麗。

這樣名副其實的自然豐盛筵席，任誰都要大嘆奢侈，「我刻意漫山尋花，攀得月桃花串，一回三朵汆湯，一回五朵炸食，樣樣皆做得小心翼翼。我愛花的朋友來了，不免揚聲抗議，可惜朱顏好花都成了我的食物。」作者自我辯駁著：好花吃得盡嗎？花開終會花落，花草只是提前以身酬知己罷了。焚琴煮鶴，或許也有另一番詮釋，沒有鍾期、沒有林逋，琴、鶴存亡似乎並不具意義？

讀了「食野之苹」，心臟、味蕾都有飽足的感受。

現代梭羅

——讀《訪草》

陳冠學先生十幾年前隱居鄉間，過著遺世獨立的生活，寫出《田園之秋》、《父女對話》，而新作《訪草》是《田園之秋》、《父女對話》的延續，其中有田園畫，有家居圖，寫植物、寫大自然是全書主軸，其中〈訪草〉、〈我們欠植物多少恩〉、〈植物之美〉、〈植物之性〉、〈小女兒的蟲鳥朋友〉是三十幾篇文章中最生動的。

作者歸隱山林的心情正如《湖濱散記》的梭羅，書中就不斷地提及梭羅，〈陽光〉一文中他寫「梭羅曾經發現自己的頭影帶著光圈而被感動」，〈聲音〉一文中也提到《湖濱散記》裡闢有專章來寫聲音，似乎作者很多隱居的所思所想都來自梭羅。而〈鄉居的野趣〉中引用梭羅的話「一片田園之中，詩人欣賞了最寶貴的一部分，之後他就揚長而去。倒是那峻刻的農夫，爲來爲去，僅僅是幾枚野蘋果。」作者和梭羅一樣，他們體會了鄉居的野趣，藍天綠地、鳥唱蝶舞，都不禁歡喜讚歎。

〈我們欠植物多少恩〉中說：「植物於視覺、嗅覺上宴饗了人類，還自覺未盡其好意，又結出香甜可口的美果來款待人類，存有界有過什麼樣的朋友，這樣熱烈滿心愛意地對待人類的？植物豈止是人類美的知己而已！然而人類果眞自覺地領受了植物此番情深的友愛而將植物當知己看待了嗎？」植物有知有靈，當引作者爲平生知己。作者在〈植物之性〉中又不斷地剖析植物的好處：

植物絕對不奢侈，它得到好環境，並不用來驕恣放肆，卻全部用來盡其最大可能的繁殖責任，盡其最大可能多枝多蔓，而後開出最大限的花數，結出最大限的種子數，……人類一有好的條件，便驕恣放肆，窮奢極侈地揮霍，導致身家的敗亡。人類的德性，在這一方面，大不如植物。

說植物是光的公民，頗能表達出它的特殊性身分。因此依據人類的觀念，植物可以說是種光明磊落的生物，尤其值得尊敬，它們寧死不肯苟活於黑暗，一旦見不到一絲光明，便生趣索然。人類在這一點上也不如植物。

植物跟向光性相連的另一個性，尤其讓人類崇敬，不論是木本植物、草本植物，甚至是藤本植物，乃至被風吹倒、被人畜踩倒的植物，無不極力向上挺起，這叫植物的背地性。植物的背地向上性，在漫漫的人類史上，不知激發了多少有志之士，在徹底失敗之後再度奮厲而起，終於齎志成功。

在隱居生活上，作者背棄了人群，而實際上他親近了更多的朋友。他徜徉山林蓊鬱間，與植物把臂言歡：「我固然喜愛孤獨，但若不是天上有千萬點星星，地上有億兆根青草，我一刻地無法孤獨下去。」

作者喜歡歌詠自然，也同樣喜歡寫小孩子，所以他寫《父女對話》，而本書〈小女兒的蟲鳥朋友〉中，小孩與自然爲友，「論友誼，她對自然界的朋友，心中只知有愛不知有恨，只知予不知取，而她自然界裡的朋友給予她的，又只是天眞爛漫全副是美的自然生命的無邊美感。」在〈小孩子〉一文中，作者又說：「小孩子是神聖的，如實地說，這汙濁的人世，也只有小孩子才有資格走進大自然；人類自從離開大自然之後，便變得汙穢不堪了。」許多作家都喜以兒童和自然爲素材，例如日本的諾貝爾文學獎得主作家大江健三郎就常從小孩和森林尋找小說寫作靈感。《訪草》作者不能忍受滔滔濁世而避隱山間，而大自然和小孩無異是天眞無邪的清流，從他心中緩緩淌過。

讀陳冠學先生的作品，正是《湖濱散記》中不染塵囂的寧靜、澄明。

遊香格里拉的人

——讀《山河好大》

徐仁修是一個不斷追蹤自然、嚮往原始的人，他曾經駐任過尼加拉瓜農業技師，曾經進入菲律賓叢林探險，飛往印尼西爪哇，潛入泰北、緬甸查訪鴉片，也曾經深入婆羅洲雨林。一九八八年，他用整整十八個月的時間，在墾丁的叢林裡追蹤一群獼猴家族。然後，他將二十年來的蠻荒經驗寫成六本書。

《月落蠻荒》寫尼加拉瓜，寫雨林，寫莽原、沼澤、大河、大湖，還寫十六處火山、寫探大蟒的經驗；《季風穿林》寫菲律賓的季風林，寫隱約看見莽遠人的足跡傳奇地在林中流浪；《英雄埋名》則寫西爪哇的野生動物及叢林天地；《罌粟邊城》寫金三角，寫作者如何穿梭在泰北、緬甸之間，一心刺探鴉片與嗎啡的眞相；《赤道無風》則寫到北婆羅洲熱帶雨林探訪猩猩的奇遇過程。

本書《山河好大》是作者的另一本蠻荒探險文學，寫中國大陸廣袤的西北荒漠，西北荒漠中有大風、冰雹，有時颳一場風暴，而駱駝、綿羊、植物、莊稼與荒漠中的居民各有謀生本領，綠洲便是他們最好的寄託。正如本書的介紹中所說：「隨著徐仁修走過大荒漠，西遊青藏攀高峰，再去蒙古趕一場草原盛會，不禁教人讚嘆——這大好河山眞是個好大山河！」

正如《蠻荒探險文學》的出版者所言：

> 在蠻荒，這個比較接近原始的世界，人類的生活與自然密切結合，人與自然萬物共存共容；住在蠻荒的人深懂得自然的語言，也知道珍愛自然界的生命，他們畢其一生在大自然裡的生存經驗，是令人敬佩與感動的。

作者說他自己爲了實踐少年時「不可能的旅行夢」，從江南到海南，從華中、華北再深入柴達木盆地、青藏高原……最後從內蒙古穿過騰格里沙漠，由張家口進入關內。書中分成六部分敘述：「大荒漠」、「西遊記」、「蒙古草原盛會」、「尋根問祖客家行」、「永定土樓」、「台灣兵第七〇師的故事」。

作者行經西北，所遇皆屬少數民族，他對民族問題尤有特別的體會，例如他寫大將軍年羹堯在青海塔爾寺殺了不少喇嘛，現在藏人在塔爾寺每年一度邪魔的跳神大典就是斬年羹堯，是少數民族洩恨的心理表現。作者的話令人深思：

> 做為強大民族的鄰族，如果沒有智慧，最後大概都會滅亡。想想看，匈奴那裡去了？鮮卑又那裡去了？還有許多曾在歷史上出現過的民族，現今都已無影無蹤。每一部民族生存史都是一篇血染大地的記錄。

作者寫到柴達木盆地的蒙古人年年舉行祭湖，感謝茶卡湖盛產豐富的鹽供他們食用。「少數民族對於大自然的賜與始終存著感激與珍惜的心情。……這種對大自然資源的珍惜與感謝，是人類最基本該具有的態度，可是我們這些自認為文明的現代社會，人對自然卻反而粗魯、短視、自私，甚至達到野蠻與殘暴的程度。」

強勢的統治者成了邪魔的象徵，而素樸的牧民卻是永遠對自然謙卑著。蠻荒是作者筆下的香格里拉：

> 海拔降到四千公尺時，路旁的野花變得惹眼起來，冷杉長得更高大，小村莊出現了，就在那湍急發白的溪流彎處，正轉黃的麥田在綠色的山谷中出色地呈現，一簇簇開著紫紅的野玫瑰在山坳裡怒放，開黃花的鱗腺杜鵑在岩隙間迎風招展，淡黃色的川貝田在山邊搖曳生姿……

書中更特別的一篇是〈台灣兵第七〇師的故事〉，講一群當年參加剿共的台灣兵滯留西北的悲慘命運，在混亂的大時代中，人像在洪流中破裂、幻滅的小小泡沫。即使是遊香格里拉，作者也滿是不堪回首的喟歎。

來自山野的呼喚

——讀《尋訪月亮的腳印》

一場不算太強烈的颱風過後，台灣滿目瘡痍，南投山區甚至死傷慘重，有人開始反省：我們是不是一直太虧待台灣的山林，而自然界怒吼、反擊了？楊南郡《尋訪月亮的腳印》書名下有一副標題：「一本思考台灣大自然退縮與原住民文化的書」，讀了讓人感觸良多。

楊南郡畢業於台大外文系，在工作之外，從事登山、台灣南島諸語族文化、史蹟古道、遺址探勘研究，曾出版《合歡越嶺古道調查研究報告》、《八通關古道研究報告》、《雪霸國家公園登山步道系統調查研究報告》、《台灣百年前的足跡》等書；目前正在譯註早期日本人類學家的調查成果：《伊能嘉矩的台灣平埔族調查》、《伊能嘉矩的台灣踏查日記》，及《鳥居龍藏的台灣蕃界調查旅行》。而他與妻子徐如林合著的報導文學《與子偕行》書中，描述阿美族的托帶·布典與日本人類學家鹿野忠雄的友誼那篇文章，則是感性而優美的。

本書《尋訪月亮的腳印》除了前序、後跋外，共收錄九篇作品：〈奇萊東稜上的小山豬〉、〈燦燦星空下——我與原住民的高山友誼〉、〈轉捩點上的登山運動〉、〈認識、尊重、關懷台灣原住民〉、〈尋回原住民的尊嚴——評介尼泊爾國ACAP援助原住民計畫〉、〈海洋民族的悲歌——記三貂社的凋落〉、〈尋訪月亮的腳印〉、〈山岳民族・布農族〉、〈三百年夢魘——台灣大自然的退縮歷程〉。

書中所描述的不論是實境或神話傳說都讓人神往：

在半倒的獵屋裡，在巨大的冷杉林下，在寬廣的高山草原上，就著火堆的溫暖，凝聽伊勇特有的喃喃語調，聽說著一則則古老傳奇，像無邊穹蒼下的燦燦星光，彷彿觸手可及，卻又遙遠若夢……(頁二十七)

而傳說受傷的月亮掉落在布農族凱板社附近的溪邊，他坐在大石頭上蹺起二郎腿，留下一個可以呼風喚雨的腳印。

部落傳說：只要久旱不雨，社眾就讓從外地來的人，潑水到月亮的腳印上，天就會下雨；反過來，久雨不晴時，也讓外地人，在腳印上生火，這樣就會放晴了。(頁八十六)

作者推動登山學術化的風氣，希望藉著登山，深入地區內的地形水文、風土人情和歷史文化，從實實在在的田野見聞中建立知識的基礎；他又激發原住民返鄉尋根、找回民族自尊的熱潮。而這樣的信念，讓讀者在書中體會到原是高山民族的原住民對土地、自然的尊重，而個性上的知足、樂天更非文明都市的人們能望其項背的。

> 我們不隨便砍伐原始林。森林提供野生動物棲息地，也保護山上的家園。（頁八十四）
>
> 布農族信仰祖靈、土地的精靈和小米的精靈……規定某一個月可以伐木、行獵，其他月份則禁止、顯示布農族很有環保觀念，只酌量擷取自然物自用，都能夠自我節制，……大家平分大自然所賜的東西。……有人狩獵回來，在路上遇到陌生人，也讓他分到一塊肉。（頁一〇九）

在〈三百年夢魘——台灣大自然的退縮歷程〉一文，作者泣訴台灣自然環境被蹂躪的歷史。漢人嚮導曾對來管窺採樟實況的日本人說：「凡是蕃人的山都是青翠的，一旦成爲漢人的地界，就光禿禿的沒有樹木。」「經過三百年持續的砍伐，原本是台灣地標植物的原生樟樹純林，在平地及中、低海拔山區，幾乎已很難見到踪影了。砍下樟樹，栽極短期經濟作物——茶樹，已成爲漢人進入山區的基本模式。」作者同時也提出沉痛的呼籲：

> 我們是在殺台灣大自然，還是在自殺？……登山三十多年來，眼見台灣的大自然被一

再地壓迫而退縮：眼見高山森林皆伐後，變成荒蕪乾枯的荊莽叢；眼見新闢的道路把深山幽谷變成旅遊名勝；眼見鏟平小山丘蓋起大別墅；眼見清除熱帶雨林改爲高爾夫球場、塡平山谷作爲休閒俱樂部……空氣、日照、景觀都可以變成商品，一一標價售給付得起的特定族群。人們……在山林中橫行霸道、胡作非爲！大自然會一味的退讓嗎？洪水、乾旱、地陷、陸沉、山崩，已說明大自然報復的能力是既快又準……

當年華盛頓總統曾寫信給印第安部落的酋長，要求購買他們的土地。酋長回信說：你怎麼能夠買賣天空？買賣大地呢？地球的每一寸大地對我們的人民而言，都是很神聖的；人類並不擁有大地，人類屬於大地。而本書的作者似乎也在宣告一種信念：在大自然的面前，我們需要學會謙卑。

天生的藝術大師

——讀《探險天地間—劉其偉傳奇》

因爲博士論文寫的是中國西南少數民族的文學，多次出入於雲南邊區，對劉其偉先生曾經接觸過緬甸當地的原住民和雲南的擺夷，有感同身受的親切感。而最早是因爲讀過劉先生的《臺灣土著文化藝術》、《菲島原始文化藝術》、《婆羅洲土著文化藝術》，接著又欣賞過劉先生許多畫作，深深地爲劉其偉先生的藝術才情及執著認眞態度感動。

劉其偉先生在東海美術系講了十三年的課，創系的系主任蔣勳曾說：「他只要往講台一站，就是一個活生生的典範。我要讓學生看看，一個藝術家可以活得這麼豐富而精彩。」本書《探險天地間》就寫出了劉其偉先生傳奇、鮮活又豐富精彩的一生。

與民國同庚的劉其偉出身於中國南方大家族，一出生就喪母，七歲時家道中落，父親領著全家老小東渡日本謀生計。二十多歲返回中國，以電機工程專業求一家溫飽，年近四十，無師自登藝術殿堂，六十以後又半路出家開始鑽研文化人類學，前後到菲律賓、婆羅洲、大洋洲探險。「一生就愛走別人沒走過的路，也都走出了名堂，集工程師、畫家、教授、探險家於一身，劉其偉不認爲自己有什麼了不起；他只是服膺美國總統老羅斯福的話：不畏死，方知有生的價值；不知掌握有生之年，不值得一死。生與死，原來都是同樣的冒險。」劉其偉先生富冒險性及理想性的傳奇經歷深深地吸引著許多年輕人。

本書分五部分：渾沌少年、戰爭時代、彩繪人生、探險生涯、頑童老年。

書中無時無刻不流露出劉其偉先生對生命的高度熱情、智慧，而他的生命哲學、藝術哲學都令人深思、動容。

對渾沌少年時期的十七年日本歲月，劉其偉說他不得不每天打工，「我不是什麼偉大人物，只是盡力而爲，我沒有自暴自棄，就是這點可取而已。」對於繪畫，他有獨特的見解：「藝術……是一種冒險，一種賭注，它是把既知的眞實的限界，予以擴充和發展。」凡是能使畫面產生特殊效果的材料，包括棉布、水彩顏料、壓克力顏料、粉彩、石墨、蠟筆，甚至牛膠、樹脂、酒精、甘油、漿糊、食鹽、爽身粉、咖啡渣及金銀粉等，都拿來當畫材。畫材的琳瑯滿目，一如其畫作的繽紛多姿，人生角色的幻化多元。他說：「不需要迷信大師，對很多事情也先不要去批評，而是先很虛心的去了解，去找出自己喜歡或不喜歡的原因……」

早年，劉其偉先生以獵手形象聞名，包括野外狩獵及藝術的獵取，何懷碩先生對他的評價最公允：

他獵取的對象不只是飛禽走獸；他的目的亦不在於置其於死。我覺得其偉先生胸懷間，他行獵的對象是宇宙之奇奧與人寰之眞象。

而書中〈永不停止的人生哲學〉一節最能體現其偉先生一生的行爲準則：

生命要用，才有價值。用它，等於活著；做了，也才是活到了。……去陌生的地方，去沒有人到過的地方，去我沒有去過的地方。做了，我有心安理得的味道。

其偉先生探險天地間的豐富人生傳奇，沒有終點。

本書將其偉先生豐富而傳奇性的一生記錄得完整而生動，讓人時而莞爾，時而驚歎。見到一個八十幾歲的藝術大師像孩童一樣好奇地往世界各地探險，光是這一點，就足以讓所有讀者，尤其是年輕人，激發生命的熱情。

悲情盡處是深情

——讀《長江的憂鬱》

程明琤是江西人，出生於巴黎，是世界華文女作家協會會員、華府書畫協會會員，曾旅遊世界各地，足跡遍及歐洲、拉丁美洲、非洲、東南亞等二十幾個國家，曾旅居印尼三年。程明琤的作品大都是遊記，曾出版《羈旅遊思》、《海角．天涯．華夏》、《煙波兩岸》、《歲月邊緣》、《走過千秋》、《心湖款款》，近日出版的《嗚咽海》也是遊記。

《長江的憂鬱》一書分八部分：湄南遠源、昆海今昔、印加悲土、贛水長天、塞納秋水、洞庭晴煙、仙島人劫、歲月心痕。作者從湄南河畔，到雲南滇池，從亞馬遜雨林到長江三峽，從塞納河畔到洞庭湖畔，穿雲渡海，跨國橫州，悲歷史興亡，悲文化淪亡，悲生靈苦痛，本書記錄大千世界的斷跡殘痕，是作者綿綿不絕的憂鬱。

作者在首篇〈飛越安樂窩〉中提及釋迦王子那千古不朽的頓悟原起於最初平凡的出遊，她寫著：

個人的哀樂，導引不出大徹大悟、苦修救世的悲情。走出自己的小世界，投身大千，人世的形形色色，苦苦樂樂，生生死死……是那樣波瀾壯闊，足以在他心中形成驚濤駭浪，沖激淘洗之餘，脫胎轉化了心志。

作者並非要去尋求那千古不朽的頓悟，然而投身大千世界的悲情卻在書中到處滿溢。在〈昆海今昔．大街小巷〉一文中描寫街邊兩個乞討的襤褸婦人，一默一嚎，沒有半句言語，卻道盡人生的悲慘際遇，「一個包子可以維持她的生命，有什麼靈藥可以癒合她的創傷呢？」〈印加悲土．伊掛漱〉寫南美伊掛漱瀑布，寫歐洲人由尋求財富而逐漸殖民，造成對南美本土民族的征戰和殺戮，「印加文明從此覆滅顚亡，一去不返。只伊掛漱的巨響繁音，日夜迴響著一個古民族永無法申訴的慟劫。」〈去夏，路過北京〉寫去菊兒胡同參觀「茅盾紀念館」中看到茅盾遺書不禁爲中華民族感到悲哀：

作爲一個知識分子，一個文藝工作者，中共首任的文化部長，茅盾臨終前一心繫念縈思的，竟不是未來中國文壇是否有絕對的創作自由，也不是未來中國文化在世界上的地位前景，而只是他個人身後的「最大榮耀」。

作者也聯想起，方勵之在被安全庇護中，想到的是他獲頒這個「獎」那個「譽」，不曾思及被他鼓勵從事民運學生的安危。沒有提及阻擋鎭壓學生的民眾生死，當然也沒有顧念到中國未來的命運，沒有憂思及中國人的未來處境。作者走過千山萬水，要宣洩的不只是悲情還有義憤，憤恨於知識分子的沒有原則。

而在悲情盡處，書中又處處可見作者的溫柔深情，〈吉都〉一文寫在厄瓜多爾的首都街上情景，作者見到兜售糖果的小姊弟，三四歲的小男孩因著作者爲他拭淚清潔臉容而埋入作者胸懷；「我，萬里無雲，走進南美古裔的歷史瘡痍，扮作街邊一個貧童的『瞬息母親』。」而〈旅霄〉中作者拿著毛衣和棉毛衫去街頭要給流浪行乞的孩子，眾生擾擾，人海茫茫，卻不見那張小臉？作者對玻利維亞的孤苦無依孩童充滿無可言喻的心疼、憐惜。

也許是作者台大中文研究所出身的背景，書中不免有掉書袋現象，典故大多，尤其是寫詩文的部分，如：〈洞庭晴煙〉、〈贛水長天〉這部分流於文謅謅，寫了太多典故，引了太多詩文。范仲淹、杜甫、王勃、楚辭，像是資料的堆砌。不過瑕不掩瑜，不傷全書的大美。

程明琤的遊記是很值得讀的，借千山萬水來寫自家心路，反省心靈的深處。

另一種文化苦旅

——讀《離家出走》

師瓊瑜去旅行，寫的像是遊記，書名卻是《離家出走》，正如她在自序中所言：「其實，事情的一開頭與一段愛情有關。戰爭。死亡。憂鬱。反叛。青春的憤怒。種族文化的衝突。意識形態的對立。都在這段情感裡反覆的糾纏。而後，愛情不再，留下的是這些白紙黑字的作品。」因此書中呈現的不是單純的山川景物、風花雪月，更多的是戰爭、死亡憂鬱或文化的衝突反省。

作者在三年內以自助旅行或搭便車的方式走過英國、愛爾蘭、法國、馬來西亞、泰國、柬埔寨、大陸、香港與美國，而書中只涉及三部分：愛爾蘭、柬埔寨、臺灣。

作者似乎藉離家出走來追尋她的情愛，或者是省思自己，旅行的過程中思考的是種族與文化的認同，文中處處流露的是一種「文化苦旅」後心情，〈哈囉，中國〉中寫都柏林凱波拉社區的小孩對她大喊「哈囉，中國」，她與毛澤東成了那裡所認知的「中國」。作者又寫到凱波拉社區：

> 都柏林人認爲這裡像「貧民窟」，但是家家戶戶有前後大花園，沒有任何噪音、環境汙染，以及社區規範完善的軟硬體措施，讓我體會到，我才是坐在八百億外匯存底上，尚未步入已開發國家的多金島窟上的貧民。

在〈搭便車遊歐洲〉一文中。作者則寫在途中與陌生的法國人有聊不完的話題，舉凡法國的失業問題、種族問題、諾曼第半島當年被轟炸情形，甚至家裡的養狗情形，作者思考：爲什麼不能在歐洲人眼中的福爾摩沙，也做一趟環島的搭便車之旅？〈風景明信片三則〉中則提及臺灣充滿嚴肅與對峙的示威遊行，比較了愛爾蘭大學生的示威遊行，「與其說是和平，倒不如說是輕鬆歡愉，……接下來是兩個熱門樂團的演唱。」都是示威遊行，卻有不同的方式，也算是文化、民族性的差異吧！

在愛爾蘭的部分，作者在許多篇文章中都花了筆墨來寫北愛爾蘭共和軍的種種，例如寫到詩人席莫斯·奚尼（Seamus Heaney）的故鄉，北愛爾蘭的倫敦德瑞郡（Londonderry）：

> 居住於德瑞的愛爾蘭人，也像其他被統治的天主教徒般，以示威遊行抗議英國政府的不公平待遇，但在一次示威遊行中，英軍居然對著人群開槍掃射，石板路上的人群在

血泊中倒下，英國政府稱這群人爲「暴徒」，而這些「暴徒」後來變成愛爾蘭人心中殉難的烈士。

而這個成爲「血腥星期日」的歷史，成了年年都舉行的哀悼活動，甚至在咖啡館，牆上也是當年慘劇的照片。〈以天父之名，以祖國之名〉寫的也是愛爾蘭共和軍的故事。〈特立獨行的愛爾蘭女藝人〉一文中，作者說：「愛爾蘭對英國人的恨，相較於中國人對於日本人的憤怒，遠超過而無不及。」

愛爾蘭的示威遊行似乎很頻繁，〈性、宗教、強暴案〉一文中則寫人們爲了爭取離婚、墮胎的自由而示威遊行，這樣慶祝國際婦女節的方式，似乎也是另一種文化震撼。

柬埔寨的部分充斥的盡是戰爭、死亡、貧窮，〈迢迢歸鄉路〉中寫難民營中的柬埔寨人，他們在難民營中待了十二年。〈飄泊的迌迌人〉寫在柬埔寨飽受戰火荼毒的華人子民，寫他們二等國民的苦難。〈殺人魔王〉寫恐怖、毫無人性的波布大屠殺歷史，令人髮指，也爲柬埔寨的苦難傷悲。作者寫滿街穿梭的乞丐，寫柬埔寨有全世界最高的傷殘人口比例，因爲到處是「地雷、危險」的標誌，〈地雷老人〉寫被炸斷左腿的老農夫。〈玩具手槍〉、〈娃娃兵〉則寫戰火蔓延下的小孩。

柬埔寨不是旅行的地方，是作者去探看的世界陰暗角落，在陰暗的角落，人性全受到了扭曲。

臺灣的部分只有三篇文章，〈外省民代的女兒〉、〈哥哥爸爸去打仗〉、〈回家〉。作者寫外省人的原罪，寫她對族群間不相容在世界歷史一直重演的省思。

《離家出走》不是單純的遊記，是作者對文化衝突，對戰爭，對族群的省思，是另一種文化苦旅。

一場藝術饗宴

——讀《走看法蘭西》

近年來女作家的遊記極多，寫異國風情，寫大陸探親的所看所想，當然不見有如余秋雨《文化苦旅》、《山居筆記》那樣旅行中帶著歷史傳統包袱，卻也各現姿態，能見到女性作家所表現的細膩面，不管在旅行途中的風俗景物描寫或異鄉異國的人物面貌、歷史人文的關懷思考，都有令人耳目一新的感受。

早期因爲出國不易，三十年代更因爲交通不便，女作家在遊記上的描寫並不多見，只是零星的篇章。最有名、有代表性的當屬徐鍾珮女士，她因爲追隨駐外使節的先生長年出使異國，遊記非觀光式的走馬看花可比，也不強調風光景致，文章中特別關心探討的是該國的歷史、人文或政治；因爲徐女士絕佳的文筆、豐富的學養，遊記特別引人入勝，讓讀者咀嚼深思，最有名的就是《多少英倫舊事》及《追憶西班牙》。

愛亞的《走看法蘭西》與徐鍾珮女士的遊記不同，書名明言走馬看花，非長年居住該地所寫，然而本書的文詞流暢優美，著重的是與巴黎那個藝術之都有關的種種藝術，令人玩味，愛不忍釋。

書是女作家愛亞與子女周書豪、周書邁、周震合寫的，附有相片。本書描寫法國的古堡、露天咖啡座，也寫巴黎的電影院、音樂圖書館、錄影帶圖書館、同性戀書店，也寫巴黎的舊書攤、狗廁所、蔚藍海岸與拿破崙，女作家的愛亞與學電影、學美術的子女將全書寫得趣味十足。

〈巴黎的追蹤〉一文中寫：「巴黎市的三個著名的墓園裡躺滿了造了偉績的名人……眞正讓巴黎這個城市充滿歷史的原因，還是因爲那些人曾經在這個空間有血有肉地生活過。」遊記文學如果只表相地記錄風景，可能讀者也會覺得索然無味吧？因此書中〈奧維，我愛的梵谷〉寫的不是奧維那個地方，而是寫梵谷的墓，寫梵谷對繪畫執著的澎湃熱情。〈睡臥在這裡的……〉寫去巴黎拉歇茲神父公墓，去那裡看睡臥的王爾德、巴爾札克及畫家大衛，而公墓地圖上登記著「居民」還有蕭邦、莫里哀、普魯斯特……。

書中讓人印象最深的是一些小地方，小地方足以見出政府的施政及人民幸福與否。

> 法國貓狗口極眾，爲了維護人權便也只好注意貓狗權，小公園或街巷牆角常見砂坑一小方，有的還畫了圖，標了字，這便是讓主人牽驅大小狗狗「上廁所」的地方，當然政府也派了專人定時清掃。

而高速公路休息站的女廁旁有爲嬰兒換尿布的美麗彩色檯桌，檯桌旁整齊疊放著乾淨紙尿布及玩具，還有——

> 玻璃櫥櫃中嬰兒食品罐頭、嬰兒使用之棉花、紗布、棉花棒、奶瓶、奶嘴、圍涎、奶粉、濕紙巾，一應俱全！甚至我還曾發現過小內衫，怕是擔心旅途中的年輕母親所攜之嬰兒服不足以敷所需！而這些都是自由取用，無庸付費。

這樣的社會福利、體貼的政府、幸福的人民多麼令人驚羨，這豈是自誇外匯存底幾百億美金或經濟奇蹟的臺灣能夠望其項背？如果想到我們的火車站、機場連嬰兒換尿布的地方都沒有，就不用想高速公路的休息站了。

全書寫的常是小地方、小事情，卻讓讀者更能見到一個國家的眞相、人民的生活品質。

知識份子的悲情

——讀《山居筆記》

余秋雨先生在九二年出版過《文化苦旅》受到極大的好評，其中三十幾篇作品，大部分篇幅很長，作者自言「想借山水古蹟探尋中國文人艱辛跋涉的腳印」；最令人感觸良深的是一篇短文〈家住龍華〉，寫兩位歷史學家的壯年病歿，其實寫的就是：中國的知識分子安身立命很難，在亂世連要苟延殘喘都不易，余先生說：「最痛楚的是生命的分裂，已經被書籍和學問鑄就了一大半生命，又要分勻出去一大半來應付無窮的煩人事。」他說的無異是自古以來中國知識分子的悲情。而這樣的一種悲情，在另一本書《山居筆記》中尤其明顯，也許我們不必說作者是借古諷今，卻也不得不承認，在專政體制下的近代中國，尤其是一場驚天動地的文化大革命，知識分子最痛楚的不只是生命分裂，簡直是人格尊嚴被踐踏、被蹂躪到不堪的地步。

《山居筆記》收納十一篇長文：〈一個王朝的背影〉、〈流放者的土地〉、〈脆弱的都城〉、〈蘇東坡突圍〉、〈千年庭院〉、〈抱愧山西〉、〈鄉關何處〉、〈天涯故事〉、〈十萬進士〉、〈遙遠的絕響〉、〈歷史的暗角〉，其中尤以〈流放者的土地〉、〈蘇東坡突圍〉將知識分子的難堪描繪得最是一針見血，作者寫文士被流放：「死了倒也罷了，問題是人還活著，種種不幸都要用心靈去一點點消受，這就比死都煩難了。」這讓人想起文革時的下放勞改，想起身歷其境的幾位作家學者沈從文、老舍或楊寬等人，活著，很難很難。作者寫流放的人當中一大部分是株連者，「在流治者看來，中國人都不是個人，只是長在家族大樹上的葉子，一片葉子看不順眼了，證明從根上就不好，於是一棵大樹連根兒拔掉。我看株連這兩個字的原始含義就是這樣來的。……如此這般，中國怎麼還會有獨立的個體意識呢？」其實，文革時的抄家和株連又有何不同？共產黨說的不是集體意識嗎？共產政權下又哪裡會有個體意識呢？而在此文的結尾，作者「嘗試尋找人的被洗滌和殘缺但卻有力的尊嚴」（南方朔語），他說流放者「他們的外部身分和遭遇可以一變再變，但內心的高貴卻未曾全然消蝕，這正像不管有的人如何追趕潮流或身居高位卻總也掩蓋不住內心的卑賤一樣。毫無疑問，最讓人動心的是苦難中的高貴。」

在〈蘇東坡突圍〉一文中，作者寫東坡的被貶、流放，「中國世俗社會的機制非常奇特，它一方面願意播揚和轟傳一位文化名人的聲譽，利用他、榨取他、引誘他，另一方面從本質上卻把他視為異類，遲早會排拒他、糟蹋他、毀壞他，起鬨式的傳揚，轉化為起鬨式的貶損，兩種起鬨都起源於自卑而狡黠的覬覦心態，兩種起鬨都與健康的文化氛圍南轅北轍。」東坡被長途押解，一路示眾，作者寫「貧瘠而愚昧的國土上，繩子捆絷著一個世界級的偉大詩人，一步步行進。蘇東坡在示眾，整個民族在丟人。」這是個令人啼笑皆非的中國。作者又寫東坡「在牢房裡的應對，絕對比不過一個普通的盜賊。……接著就是輪番撲打，詩人用純銀般的嗓子哀號著，哀號到嘶啞。」「小人牽著大師，大師牽著歷史。小人順手把繩索重重一抖，於是大師和歷史全都成了罪孽的化身。」

最可悲的是，蘇東坡的宋朝，流放者的大清帝國，似乎都不及近代中國，可憐的知識分子遇上荒謬的時代、荒謬的政權，作者在〈千年庭院〉中寫岳麓書院，輕描淡寫將文革的創傷帶過；「全國性的毀學狂潮，則比歷史上任何一個朝代都盛。……我們這個文明古國有一種近乎天然的消解文明的機制，三下兩下，琅琅書聲沉寂了，代之以官場寒暄、市井嘈雜、小人哄鬧。」身為知識分子，作者下筆為文之際，必定是流淚淌血般的感同身受。

《文化苦旅》、《山居筆記》的傷感悲情引起共鳴，無寧是文明古國該反省深思之處：我們該宣洩的傷口太多。

鏡頭下的滄桑與美麗

——讀《邊陲中國》

徐力群的攝影作品《邊陲中國》不能只是瀏覽欣賞，而是需要用心閱讀。因爲書中有他精彩詳實的文字描述，更因爲他拍了許多人物，拍照者與被拍照者都是帶著豐沛的生命、感情。《邊陲中國》值得讀者用心閱讀。

大陸開放以後，介紹少數民族風光的電視節目很多，寫少數民族地區的遊記很多，當然拍攝少數民族地區景物的也不少。《邊陲中國》書中拍攝或描寫的有些部分並不新鮮，然而，有作者的企圖心和與眾不同的焦點，讀者能感受到鏡頭或文字下整個民族或整片土地的滄桑與美麗。

一九四六年出生的徐力群想必有一個特別的童年，他的家鄉在松花江匯流黑龍江的夾角地帶，人稱「北大荒」的地方，從哈爾濱師範學院中國語言文學系畢業後，一直在大興安嶺林區工作，曾以大森林和鄂倫春族爲題材拍攝了大量的記實攝影作品，出版《林海添翠》、

《大興安嶺》兩本攝影專集。從小優游於白山黑水及密林當中，徐力群對大自然顯示的生命力自會有另一番體會，《邊陲中國》所呈現的也是旁人較無法觸及的深層感情。

一九八六年到一九九一年，作者騎著摩托車獨闖神秘的中國邊陲，「從冬季冰封晦暗的大興安嶺，逐步移向寸草不生的洪荒大漠、爬上世界屋脊珠穆朗瑪；在多民族的滇、藏地區，鏡頭下的色彩豐富鮮麗了；到了東南沿海，城市的燈火溫暖了作者孤寂的心靈，也點亮讀者的眼睛；再重回東北時，已經經歷過五年的光陰了，高粱已變紅，大豆沒膝深。」（宋定西序）作者花五年的歲月環繞中國邊陲，走了八萬多公里土地，採訪四十五個少數民族，拍攝五六萬幅照片，作了百餘萬字筆記，成就《邊陲中國》這本攝影圖集。

本書附有攝影作家的行走路線圖，從北緯五十度以北的邊陲穿越內蒙古高原、天山南北，縱橫喜馬拉雅山到多民族的西南邊陲，再從萬里海疆的東南回到白山黑水。

作者自言不滿足僅僅用照相機攝取照片，不滿足僅僅採訪收集邊陲的自然地理、社會歷史、風土人情等資料，他試圖藉著相機給生命下定義，在書的後記中，作者有兩段令人動容的文字：

在海拔五二〇〇米的阿里，冷峻的雪山下是空曠的高原，空氣中的氧氣只有海平面的一半以下。我曾見到一位藏族婦女從氈包中走出，舉起了懷裡的娃子。別看那母親的面孔被陽光中的紫外線灼燒成黑色，嬰兒的容貌卻紅潤細嫩，有雪峰和藍天做背景，

「神聖」的感覺油然而生。

在通往拉薩的路上，我曾見到五位朝聖者，他們排成一行，每走完身體的長度，便雙膝跪下，伸長雙臂，五體投地。他們幾乎是用身體丈量大地，虔誠地奔向他們心中的神靈。我們相遇的時候，他們已叩行了兩個年頭，每個人的額頭都叩出了一層厚厚的老繭，手上戴著用木板做掌心的「手套」，木板上嵌著的兩根鐵條已被磨穿！專注已使他們忘記了勞累，唯有虔誠在他們心中燃燒。神靈到底在哪裡？生命本身難道不就是「神靈」？

在作者的鏡頭下，自然的神奇、生活的悲歡、生命的莊嚴、民族的興衰，如一篇動人的史詩，娓娓向讀者傾瀉者。〈額爾古納河探秘〉中黑龍江源流額爾古納河的神秘迷人面紗揭開了，秋天的金黃整片倒映在河裡，幽黑的河水中有金黃的山巒、有冰雪的河畔，在那個區域有馴鹿的民族鄂溫克，清脆的鈴聲響起時，上百隻鹿從林間舞動著美麗的茸角出來，如一團灰白色的霧自林間飄來。作者的鏡頭中出現了吹鹿哨誘捕野鹿的畫面，老獵手寡言愛笑的面龐正如黑澤明電影《德蘇烏扎拉》的大興安嶺獵人。

生於北大荒的攝影家當能深刻體會生命如何在酷寒的嚴冬中接受冰雪洗禮。江水、河水冰封了，漁民用「特製的鐵鑽子把冰層鑿穿，當冰洞大開時，水下缺氧的魚會慢慢游到洞口呼吸新鮮空氣，偶爾還有魚兒自己蹦出水面。」在零下三四十度的冰封日子裡，生活還是要過，馬群還是要在風雪中跋涉，一步也不能停，只能一直順風走去，一停下來就會凍僵而死。天地白茫茫一色，大地幾乎是寸草不生，只有馬匹的鬃毛和尾巴還一點烏黑，有些馬的四肢都沒入冰雪中，幾乎可以讀出照片中的馬匹移步的痛楚。有一張照片照的是牛隻，在白雪覆蓋的茅屋旁，黃牛成了銀牛、雪牛，可以見到牛隻的眼睛辛苦地張開，你幾乎要懷疑那是雪地中的石牛像。除了雪地，還有荒漠草原、流沙、沙暴、戈壁，而乾涸的河床上是河的年輪，歷史變遷、土地沿革，時間空間的意義讓人怵目驚心。沒有人物的照片，作者隱約呈現的是河的生命、草原的生命、戈壁的生命，他們欣榮又凋落，新生又枯朽。

最引人注目的是鏡頭下的人物，獵戶、淘金客後代、牧羊女人、婚禮賓客、騎馬的哈薩克姑娘、哺育的維吾爾母親、達斡爾族新娘、用身體丈量川藏公路的朝聖者、紋面的獨龍族婦女、中緬邊境上的人潮、戴花的布朗族老婦、背嬰兒的僾伲婦女、戴雞冠帽的彝族女孩、選購甘蔗的紅頭瑤婦女、明眸皓齒的廣西京族姑娘、廣州街上如盲流一般的上班人潮、打毛線的閩東山區畲族女孩。比較起來，作者的興趣仍是人，在雪地上、草原上、壩子上、市集上或邊境上的人，特別是女人和小孩，似乎那是更脆弱敏感而實際上更堅韌的生命。

鏡頭下的生命有時令人震撼不已。作者寫著：「新月型沙丘之間，兩隻駱駝蹣跚而來，走近些，才看出是兩個騎駱駝的女人。女人將頭捂得嚴嚴的，只露一雙眼。年輕的一位懷裡抱著一個包裹，見我手持相機拍照，她抖開包裹，裡面竟是一個白嫩的嬰兒！」相片的婦人低頭注視嬰兒，看不清她的臉，只見藍天下大漠中駱駝上熟睡著的嬰兒，清楚地看到他的鼻眼；偎在母親懷裡，漂亮安詳有如天使，剎那間枯瘠的荒漠中似有一朵幽蘭開放。

中國邊陲少數民族的無邊美麗也呈現讀者的眼中，本書的西南部分正如夢幻的童話王國，哀牢山區的哈尼族寨子、彝族寨子就像是童話中的森林小屋，讓人幾乎要懷疑那是現實中不存在的。小屋建在朝陽的山腰，據說是土木結構，相片中的雙斜面或西斜面屋頂有如綠色林子裡的一朵朵小蘑菇，屋旁有似月牙或似澡盆形狀的小梯田，小溪流流向山下，田梗上有人走動，美麗的山寨、美麗的小屋，相片中拍攝的是雲南哀牢山區的仙境。

《邊陲中國》讓人認識眞正的中國，認識她的滄桑或是她的美麗。讀完本書，似乎自己也與作者環繞中國壯遊了一圈。

情癡與理悟

——讀《悲懷書簡》

一、前言

現代文學史上，悼念父親或母親的文章不少，寫喪子之痛的則不多，然而白髮人送黑髮人的哀慟自比享盡天年的死別更深一層，年幼子女的夭亡更是父母摧裂心肺的至痛。最有名的當屬豐子愷〈阿難〉一文，寫作者未足月便流產的兒子，由此體會到「一跳便是一生」的淺薄父母情緣。❶較近的一篇則是林文月〈孩子，你終於走了〉，寫一個喪子母親的心情，她十歲的兒子患骨癌亡故。❷前者畢竟是未足月就夭亡，而且是父親的角色，胎兒在母體中

❶ 豐子愷：〈阿難〉，楊牧編《豐子愷文選》I，頁一三—一六，洪範書店，一九八二年一月。

❷ 林文月：《擬古．孩子，你終於走了》，頁一九一—二〇一，洪範書店，一九九三年九月。

孕育的情感畢竟體會不深；後者則是以母親的身分去設身處地揣想喪子的悲痛，有感同身受的苦楚，卻仍隔了一層。

李黎的《悲懷書簡》不然，是懷胎十月的母親的喪子悲懷。好端端地，十三歲的兒子輕輕一跌，從此是天崩地裂的磨難，哀絕痛絕，而且是長長遠遠的永恆思念。除了《悲懷書簡》一書，作者的許多作品，其實都是喪子以後自我療傷的宣洩出口。

二、李黎的生平及其著作

有關李黎的報導或評介很少，這一切可能緣由她長年居美，與台灣文壇少有聯絡之故。因此本文先對作者做較詳細介紹。

李黎，本名鮑利黎，原籍安徽和縣，一九四八年生於南京，在台灣成長。高雄女中畢業，入國立台灣大學歷史系，後來赴美在印第安那州普渡大學（Purdue）攻讀政治學。作者在大學時代就常以黎陽的筆名在《大學論壇》及《大學新聞》發表詩及散文，也翻譯了赫胥黎的《美麗新世界》一書。赴美以後在《現代文學》發表第一篇小說〈譚教授的一天〉，接著一九八〇年在北京出版短篇小說集《西江月》，而為書的封面題字的是茅盾。

據作者的先生薛人望所言，「政治層面的幻滅並未影響她對那塊土地上的歷史和文化的眷戀」，作者在大陸未開放之前，幾乎每年去一趟大陸。然而，「李黎並未以在大陸出書而滿足，因為她一直把台灣當作自己來自的故鄉，她內心深處的讀者應該是在台灣。可是投身保釣和在大陸出書使她不敢回去睽別多年的台灣。但她無法遏止在台灣發表作品的願望。❸」作者後來如願以償，一九八二年以薛荔的筆名發表〈最後夜車〉得到聯合報短篇小說首獎。一九八六年在洪範書店出版小說集《最後夜車》；在這之前，還曾在香港出版散文集《大江流日夜》。

此後，作者筆耕不輟，又陸陸續續發表了小說、散文集。一九八八年出版短篇小說集《天堂鳥花》、中篇小說《傾城》，八九年出版散文集《別後》，九〇年出版散文集《悲懷書簡》，九一年出版短篇小說集《浮世》，九二年則有散文集《天地一遊人》，長篇小說《袋鼠男人》，九四年中篇小說《浮世書簡》。

小說集《最後夜車》出版後，引發了李黎的創作熱情，她開始積極地扮演一個散文作家、小說家的角色；而紀念亡兒的《悲懷書簡》以後，她更試圖在創作的路上找傷痛的出口，將沉澱後的情緒更圓熟的揮灑在小說中。

比較起來，李黎創作小說的精力花得比散文多，這或許與她「一向不贊成寫作者暴露太多私人的自我」有關。❹然而，讀者卻也不難發現，小說中常會出現一個聰明的小男孩角色，令讀者不禁要懷疑原先作者是以他後來早夭的聰慧兒子為描摹對象的，例如《浮世》中〈雙

❸ 薛人望〈李黎與「袋鼠男人」〉，《聯合文學》第八卷第五期，頁一〇八—一〇九。

❹ 同註❸。

城〉那一篇的天才兒童安竹，《最後夜車》中被歐陽子譽爲「人性的救贖」那一篇〈失去的龍〉的小傑。而作者早先大部分的小說作品，其實都流露了大部分留學生去國懷鄉的情結。關於這一點，陳映眞先生、陳燁女士都有詳盡的評介。❺作者也坦承「這一代的海外華人，在歷史的負荷與異國歲月的催迫中，漸漸瞭然了兩個解不開的愁結：國家的分裂，自我的流放。❻」而《悲懷書簡》以後，作者的小說中鄉愁的情緒淡了，或許與她常回台灣有關。薛人望先生很貼切地說出作者的企圖心：

> 這些年眼見她擺脫了「文以載道」的固執信念，回到對人生基本問題的探討；自從能回台灣以後，她的創作更是積極了，她已不再憂慮作品如何定位的問題，而力求小說形式的突破和內容上超越從前的自己。❼

或者更確切地說，作者經過喪子的大悲大痛以後，作品如何定位的問題已無關緊要，她更關

---

❺ 陳映眞：〈鈞運的風化與愁結〉，《最後夜車·序》，洪範書店，一九八六年。

❻ 陳燁：〈永恆的鄉愁——評李黎《天堂鳥花》〉，《聯合文學》第五卷第三期，頁二〇〇—二〇一。

❼ 李黎：〈聯合報七十一年度短篇小說得獎感言〉，《最後夜車》附錄，頁一六二。

同註❸。

心對人生基本問題的探討，因此《悲懷書簡》紀念亡故愛子的成分已漸被哲理式的感悟所取代。

三、《悲懷書簡》中的情癡與理悟

鄭明娳女士認為散文的主要類型有三種：情趣小品、哲理小品和雜文。而在哲理小品一項中，她舉豐子愷〈阿難〉一文說明，肯定此文是抒情式的哲理，用抒情文字來表現哲學觀念。❽因此楊牧先生讚美豐氏此文「竟能在激情感傷中，脫出哀痛的狂流，化解一切悲傷為哲學的思維，這是他的大徹大悟。」而〈阿難〉一文進行的三個層次是「徹悟生命無常，天眞可貴，自然為上」。❾《悲懷書簡》的精神似乎也可以做如是觀。

作者在本書的序言〈遺悲懷〉中說：「文章是一整年的心情和思維的記錄。從五月到五月，從一場猝不及防的、慘絕酷痛的災變，到能夠提筆給自己療傷，從人間跌入地獄到掙扎回到人間……」第一篇〈天使之翅〉是驚怖的開始，一九八九年五月七日，暮春的星期天黃昏，有個十三歲的漂亮聰慧男孩，仆倒在公園的水泥人行道上。他罹患的是連醫生父母也不知的「先天性心臟血管發育異常症」。那一跌，接著是死亡天使的迎接，文中由男孩的立場

❽ 鄭明娳：《現代散文類型論》，頁一三八，大安出版社，一九八七年二月。
❾ 楊牧：〈豐子愷禮讚〉，《文學的源流》，頁五九。

來向父母親人道別，「輕輕撲拍著他的羽翼，男孩毫無留戀地遠離腳下的塵世，朝向他永恆的居處飛去。」作者努力地將愛子遽然亡故的情景淡化處理，然而卻使人讀出她眼含淚，心淌血。

六月中收錄《悲懷四簡》，有寫給小兒科醫師的，他是兒童心臟專科權威，沒料到小男孩「心臟冠狀動脈有個先天性的不正常急轉彎」，作者告訴她的醫師好友，別爲孩子的猝死自責悔憾。「我們都只是凡人，我們都有作爲凡人的極限；只有他，已經遨遊在一個沒有極限的時空以外了。」作者安慰她的自責的醫師友人。另一封信是給兒子的朋友，叫黎明的小女孩，謝謝黎明給亡兒的友情。

而給三毛和朋友的信，是作者情癡的極至表現。她描述聖經舊約〈約伯記〉的最後一段，神殺死了約伯的七子三女，後來又賜給他七子三女，而且強調「新」子女們美貌無比。作者怒極大笑：

> 天哪，原來在造物主的眼中，孩子只像花瓶、檯燈，打破了再換個新的，還可以比原先的那個更漂亮……然而即使只是花瓶、檯燈，如果那花瓶曾插過我愛的人送的花，那檯燈曾伴我度過許多夜讀的時光，也就不是任何別的看似相同的物件可以取代了；何況是活生生的人！……便是再給我一個一模一樣的孩子，我與他再共度的日子，每一分一秒都將會不一樣，我已不一樣，世界也不一樣，我們共享的記憶無法重複——

一旦有了愛與記憶，沒有一個人可以取代另外一個人，沒有一段時光可以取代另一段時光。（頁三一）

接著，我們看到一位癡心母親的告白：

他的房間，除了多了一幅喪禮時用的放大照片之外，一切仍然保持著原狀，……好像他隨時會回來。連夜間也照他的習慣點一盞檯燈。可是這還要持續多久呢？……我覺得自己在作一種徒勞而又矛盾的掙扎：一方面要讓時間來治癒我的傷痛，另一方面卻頑強地抗拒時間沖淡我對他的記憶。……我難以忍受時時刻刻思念的痛苦，但我更不能忍受遺忘。（頁四六）

作者寫給接受她愛子眼角膜的陌生人的信也令人感動：

有時，我走在人群中或開車在公路上，就會癡癡地想：在這一百萬人的城市裡，有兩隻眼睛，曾是我孩子的一部分，也是我生命的一部分，咫尺天涯，也許這兩隻眼睛的主人剛與我擦肩或錯身而過；也許他此刻正在眺望藍天碧海，或者聚精會神地閱讀一本好書，或者無限深情地凝視著一張愛戀的臉孔……這些想法是多麼傻啊。然而一個

母親的癡心，是勝過於世上任何一種癡情的。做母親的心，縱是疼成了碎片，每一片還是癡愛。（頁四九）

在無休止的悲痛後，作者很快了悟：「悲哀最大的危險，是使人頹廢。在悲哀中我時時提醒自己抗拒下沉。拒絕下沉的姿態是最莊嚴的。」她在一遍又一遍向人敘述自己孩子死亡的事實後，突然想到自己是不是有點像魯迅筆下的祥林嫂：

我把〈祝福〉拿出來重讀，那段話令我心驚：「她未必知道她的悲哀經過大家咀嚼賞鑑了許多天，早已成爲渣滓，只値得煩厭和唾棄。」……我還是清楚明白：一個人的悲哀是他自己的事。當我感到身在世界末日時，這世界正在好端端地轉動著；當我和已無呼吸脈搏的孩子乘著救護車在淒厲的警笛聲中穿過這美麗的城市街道時，人們正在吃晚飯、看電視、散步、交談……，這不是荒謬，這是正常。（頁三四）

因此作者也開始自激情感傷中超越出來，進入哲學思維的感悟。

鄭明娳女士說：「哲理小品雖則也抒發感情，但重點仍在表達作者因事因情而產生的哲學觀念，對人生的某一角落有較新的詮釋。⑩」《悲懷書簡》的重點的確是較著重在理悟上，情傷的部分相形之下被淡化了。

在七月的〈夏日煙雲〉中，作者憶及她在一九八七年帶兒子在中國旅遊，兒子寫信給他父親，說「我愛中國」。在六四的天安門悲劇後，作者寫著：

> 他愛的，其實是用他那不染塵俗的心靈之眼去觀照的這個世界吧。他像個來自另一個時空的探訪者，到了這個在他看來是繽紛絢燦的世界，好奇又矜持地走著、看著，心中充滿了純眞的喜愛，在還沒有沾惹上這世間的煙塵之前，就點點頭笑笑離去了。還好，這世界還沒有讓他失望。早走四個星期……（頁六六）

而在一種震驚得近乎麻木的狀態中，作者猶坐在電視機前關注天安門廣場的情況：「屬於我們自己的世界的浩劫，而比起剛發生的整個國家民族的浩劫，竟像是微不足道的。」這樣的感悟猶如豐氏的〈阿難〉，阿難一跳的生命，墮地立刻解脫絕不染人世的煙塵，何其明淨。而阿難的一跳和父親的長壽，在宇宙數千萬光年的浩劫中，並無差別。李黎和豐子愷的這層生命感悟似乎極其近似。

---

⑩ 同註❽。

作者在次子憶起亡故哥哥的時候，體會到孩童的純眞幸福，〈孩子記得什麼？〉一文中寫著：

> 天天的小弟弟和一些年齡比他小的玩伴提起天天時，常是愉快地帶著笑敘述一樁好玩的事，就好像天天只是那一刻不在旁邊而已。……哥哥今天不在家、不能跟他玩，與哥哥整個暑假都不會在家，哥哥這一生都永遠不會在家……對他的意義可能並沒有太大的差別。……看在一個飽受記憶折磨的大人的眼裡，孩子是多麼令人羨慕啊！（頁一七九）

當然，作者在喪子之痛的這一段情癡理悟過程之後，她也學會去負荷他人的哀慟、情癡，試看四月〈片語〉的一段：

> 早晨打開報紙，頭版正中央的照片：一個女人哀慟欲絕地哭喊著。讀新聞內容：貝魯特，一顆手榴彈擊中一輛校車，車裡的學童全死了，她的三個孩子都在車上……讀報的人翻到下一頁，這條新聞就成爲過去，這個女人甚至沒有名字，這只是一樁發生在遙遠的地方的事件……人們不再記得她，對於每一個讀報的人，她已不再存在。
>
> 然而她存在。活生生的，從此每一秒鐘都在受苦。但我們不知道。（頁一八六）

作者是知道的，她在喪子之慟後也負荷了別人的苦痛。

雖是理悟，作者卻也明白表示情癡之必要，「情之所鍾，正在吾輩。」既爲凡人，就有凡人不能忘情的苦，而我們甘心承受這分苦。她在〈片語〉的結尾寫著看電影的感想：

電影裡的修女對流浪江湖賣藝的女孩說：我也是個流浪的人，因爲我們每兩年就要換一所修道院，以免捨不得一處地方……

我立即想到佛陀不在同一棵樹下宿兩夜，以免對那棵樹產生難以割捨的感情。

然而，凡人若沒有這些情牽，還剩什麼呢？（頁一八七）

即使是經過了理悟，作者在序中說得非常明白，「死後即生前」，然而理性的悟知與感性的接受仍是兩回事，做到太上忘情的確不易。在《悲懷書簡》的情癡理悟之後，作者的作品仍存在許多忘情不易的糾葛。

四、悲懷以後的作品的精神

《悲懷書簡》以後，作者的其他作品隱隱流露出一種不妥協性，因爲喪子，作者覺得天道無親，她不甘心，極力要生命再重生或延續下去。

《天地一遊人》的〈缺憾還諸天地〉一文，寫美國加州史丹福大學的創校緣由，是因爲

「一個生命中永不能彌補的缺憾」，原是鉅富的加州州長里藍·史丹福失去了他十六歲的獨子，獨子在漫遊佛羅倫斯城時病逝。爲了紀念愛子，他們創建和亡兒同名的史丹福大學（Leland Stanford Junior University），決定將全加州的孩子當作自己的孩子。⓫李黎寫這篇文章當是感同身受，她喪子以後，「決定以他的名義捐贈一筆圖書經費給他母校圖書館，一筆獎學金給此地的音樂教師協會。」將亡兒的眼角膜捐出，因爲「王爾德的『快樂王子』是如何高高興興地捐出他的藍寶石眼珠給他要幫助的人……現在世界上有一個人（或者兩個）正在用他美麗的眼睛看著這個世界」。⓬作者不甘心愛子如此消失掉，她希望將她的生命精神延續。

《袋鼠男人》這本小說則寫一個男人懷孕生子的故事，是探討男女角色的互換問題。而故事中虛構「人工子宮」，將人要懷孕的可能推到極限。⓭文中將那對不孕夫妻想要孩子的不妥協精神描述得淋漓盡致，那個懷孕的男人爲了懷孕連生命都不顧。

《浮世書簡》是十八篇情書組成的小說，然而喪子的心情還在，書中的男人喪失愛女，「這是世間最慘重的一種失落，不同於失去其他血親，這是逆反自然的、是生命延續的挫傷

⓫ 李黎：《天地一遊人》，頁五—一三，爾雅出版社，一九九二年。

⓬ 《悲懷書簡》，頁二七—二八。

⓭ 李黎：《袋鼠男人》，聯合文學出版社，一九九二年。

——妳比擬為自己肢體的斷斲，永遠不能補償復得。」寫情書的女主角在年少時因為一次與男主角的纏綿而懷孕，她擅自拿掉孩子；二十年後，曾罹患乳癌的女主角千里迢迢去見她二十年前的情人，短暫的歡愉後，女主角又悄然離開，她去醫院做乳癌追蹤檢查發現又懷孕了，醫生說罹患乳癌的婦女若是懷孕而刺激復發的可能性極高。然而，女主角說：「二十年前那個被我拒絕了給他生命的孩子又回來了……在漫長迢迢的等待之後，終於又回來了。」那段二十年愛恨分離的情緣，「也許，一個新的生命才是最完滿的解答——最終的和解、至高的原宥。⓮」那個被拒絕的生命又回來了，正是一種不妥協的精神，而這個新生命正是「最終的和解、至高的原肴。」和解、原宥的似乎不是二十年的愛恨情緣，而是與生命或與上帝的和解、原宥。在喪子以後，作者李黎急切地希望再要一個新生命，雖然明知新生命也不能代替原先失去的愛子。

作者在喪子四年後又生一子，那時她已四十六歲，過了可能是生育的年齡。她在〈晴天筆記〉一文中寫一個故事，金童歷劫人間還願，轉眼到歸去之期。

金童返回天庭，回首見人間父母悲痛逾恆，遂再稟王母，請求再返人間、重續前緣。王母感其情義而允准，此次未訂歸期，只命金童於厭倦人間之時回來即可。金童乃再

⓮ 李黎：《浮世書簡》，頁一七三－一八五，聯合文學出版社，一九九四年三月。

> 下凡間，重爲人子。是對夫妻遂又得一男，酷肖天天……。⑮

因此，作者說「晴兒的來臨正像是對天天逝去的一種補償。」那個被老天或上帝要回去的孩子又被送回來，在這一刻，作者的不妥協似乎才得到和解。

《悲懷書簡》的情癡與理悟，可能是作者寫作方向的轉捩點。

五、結　語

中外作家中，不乏喜以兒童爲描述對象的，嚴格說來，李黎寫兒童的作品並不多，然而，自有關懷層面與深度，並非是在紀念愛子的《悲懷書簡》以後才寫的；最有代表性的當屬早期短篇小說集《最後夜車》中的兩篇：〈雪地〉、〈失去的龍〉。

〈雪地〉分寫兩對夫婦（一在大陸、一在美國），大陸一胎化政策，小說中婦人懷孕，爲了保留男嬰，將天眞活潑的小女孩處理掉；而美國的一對夫婦爲了留學生活艱辛，不能撫養小孩，做了流產手術，同樣是謀殺。⑯作者似乎提出嚴厲的控訴：謀殺兒童、謀殺嬰兒。

〈失去的龍〉這篇很精彩，夫妻分居，九歲的男孩小傑與母親住，父親每隔一段時日與

---

⑮ 李黎：〈晴天筆記〉，林錫嘉《八十三年散文選》，頁一二二，九歌出版社，一九九五年四月。

⑯ 李黎：〈最後夜車．雪地〉，頁一九三—二一二，洪範書店，一九八六年九月。

兒子相聚一次。文中的聰慧男孩敏感又早熟，深感父母分居、無所適從的痛苦。[17]歐陽子女士曾寫〈人性的救贖〉一文讚許此文，並說〈失去的龍〉這個篇名有幾種解釋，極有見地。[18]或者，作者〈失去的龍〉正是要表現我們失去了兒童的純眞，我們給小傑一個令他失望的世界，我們失去兒童小傑，也失去了世界。

經歷喪子之慟，作者的作品中對兒童的關懷當會更深入，例如她的近作〈紅氣球〉，寫一部電影「紅氣球」的情節，巴黎上空曾飄飛的紅氣球給許多人美麗的童年，而現在她兩歲的兒子的睡夢和往後記憶中，也有紅氣球的故事。[19]

李黎的《悲懷書簡》，讓人體會如何面對死亡，也教人如何珍惜生命。經歷悲慟的情癡理悟淬煉，我們期待作者有更好的作品。

---

[17] 李黎：〈最後夜車．失去的龍〉，頁一六五—一九一。

[18] 歐陽子：〈人性的救贖〉，見〈最後夜車〉附錄。

[19] 李黎：〈紅氣球〉，《聯合報副刊》，一九九六年四月二十日。

走看九○年代的女性旅行文學

一、前　言

旅行文學一般被稱爲遊記。鄭明娳教授認爲，遊記是以記遊寫景爲主要內容的散文類型，通常是作者遊歷陌生地區的主觀記敘，有明顯的敘事秩序；而且作者脫離了日常生活固有的生存空間，屬於一種特殊體驗，它的篇幅可寬可窄，有的可有組織地擴展至數萬言以上。遊記雖不乏小品中以人格美和藝術造境爲訴求的特質，但是它的發展，已儼然獨立於小品之外，別豎一幟。❶中國人向來強調行萬里路勝讀萬卷書，旅行遊記能在散文類型中自成一類自是理所當然。

鄭明娳教授並對遊記歸納出三個要件：㈠眞實的經驗：遊記必須出自作者親履，否則只

❶ 鄭明娳：《現代散文類型論》，（台北：大安出版社，一九八七年二月），頁二二○。

是虛構的遊記體小說。㈡以記遊爲終極目的：許多散文類型都可能出現遊歷的情節，例如報導文學、回憶錄等，皆非以記遊爲目的，在這種情況下，遊歷的事件只是背景，故無法以遊記的類型來看待。㈢必須呈現心靈活動：如果完全隱晦作者的心靈活動，而純粹以解說旅途中的客觀現象，則只是應用性的旅遊指南，如果只是知識報導如人文、水文、地理等，充其量只可以歸入傳知散文的範疇中而不成爲遊記。❷鄭教授說旅行文學是既要旅行也要文學，作者有親履其地的眞實經驗，因爲有遊歷的情節而引發作者心靈的活動、人文的思考。

一九九一年波特（Dennis Porter）出版《心念之旅：歐洲旅行書寫的欲求與踰越》。波特捨棄文類的形式與目的論，轉而凸顯旅行書（travel book）論述性質。他說：旅行書除了記錄旅遊的經驗表象，更重要的是建構作者的自我主體（subjectivity）以及和他者（other）之間的對話交鋒。旅行者離家在外，跨入「他者」的地理版圖，產生一種追尋烏托邦的欲求。這種欲求兼含對本土現況的不滿，以及對理想國（制度）的想像建構。❸

社會學者亞得樂（Judith Adler）認爲旅行是一種演出的藝術，具有既定的風格，類似儀典。旅行者演出這個儀典，遵從前人立下的詮釋規矩，藉以了解外在世界，解釋外在的現象，

❷ 同前註，頁二二四。

❸ 宋美璋：〈自我主體、階級認定與國族論述：論狄福、菲爾定和包士威爾的旅行書〉，《中外文學》第廿六卷第四期（一九九七年九月）。

並且決定個人當或不當的社會行為。❹

中西方對遊記或旅行文學的定義有很明顯的區別。

早期出國不易，少數留學的女性猶如鳳毛麟角，只有留學生文學，大都是小說，罕見散文；即使在國內，女性獨自漫遊的也不多見，司馬遷、酈道元、柳宗元、徐霞客的壯遊不可能出現在女性身上，即使如徐志摩、朱自清、胡適、孫伏園的一些天目山、北戴河、溫州、哈爾濱、長安等地的旅行隨筆，也不易在女性作家身上看到。早期的女性旅行文學卓然成家的似乎只有徐鍾珮女士一人，她隨夫婿出使在外，有機會寫下膾炙人口的《多少英倫舊事》及《追憶西班牙》。

正在撰寫《西方旅行文學研究》，本身也開授「旅行文學」課的政大教授胡錦媛就發表了她對女性旅行的看法，她認為旅行在人類歷史上是極度「性別區分的」（gendered），當男人為了個人的、教育的、科學的、外交的和經濟的種種目的在外旅遊探險，完成驚天動地的功業、寫就可歌可泣的鉅著時，女人卻滯留在「家」這個定點織布、打掃、等待、寫信給在外遨遊的男人。在家中缺席的是男人，在旅行中缺席的則是女人。不論是裹著小腳的中國女人或是穿戴鋼架束腹的西方女人，她們都受到社會與文化的重重束縛，鮮少能夠外出旅行。女人的缺席，反襯出旅行的世界是一個男人追尋新奇殊異事物的領域。到了二十世紀，女性

❹ 同前註。

在經過男女平權思想與婦女運動的洗禮，並取得經濟獨立自主權後，藉著交通工具的便捷，逐漸走出家門，外出旅行。❺

女性旅行文學當然不只徐鍾珮一人專美，寫得文情並茂的散文還有鍾梅音的《海天遊蹤》、陳長華《照亮塞納河的燈》、梁丹丰《天方夜譚之旅》，而引起青少年風靡的三毛旋風，《撒哈拉的故事》、《稻草人手記》、《哭泣的駱駝》、《溫柔的夜》、《雨季不再來》已將旅行的心靈世界拓展轉變爲夢幻式的流浪。到了九○年代，女性旅行文學作品可以說是如雨後春筍般湧現：愛亞、馮菊枝、王宣一、師瓊瑜、陳昭如、陳少聰、李黎、黃雅歆、呂大明、呂慧、郜瑩、梁丹丰、席慕蓉、林佩芬、陳若曦、荊棘、程明琤、劉靜娟、鄭向恆……。我們可以見到女作家旅行文學者壁壘分明之處，或遊歐美、日本、非洲，或遊中國大陸，或寫異國風物，或懷故國山河，有旅行、有感思，行萬里路當寫萬言書，天涯成咫尺的文明時代，旅行成了家常便飯，而旅行文學蔚成風氣，女性作家各擅勝場，有不同的關懷層面，呈現不同視野。

---

❺ 胡錦媛：〈繞著地球跑——當代台灣旅行文學（下）〉，《幼獅文藝》一九九六年十二月，頁五一—五九。

一、他鄉與故國

台灣經濟起飛後開放出國觀光，旅行文學慢慢多起來，有參加旅行團的走馬看花、有短期遊學的自助旅行；而解嚴後的開放探親，更成就了一批流露故國感情的旅行文學作品，甚至是探親尋根的作品。女性旅行文學也可以如此分爲寫大陸河山的故國之思遊記，及寫異國景物人文的隨筆。

㈠故國親遊的旅行文學

以中國大陸爲寫作題材的作品非常多，具有代表性的女性作家也不少，席慕蓉、梁丹丰、陳若曦、林佩芬、程明琤、郜瑩、李黎的作品都相當引人注目。

席慕蓉是蒙古族，故鄉是現在已消失了的察哈爾明安旗（在內蒙古中南部，張家口市北方約兩百公里）。《我的家在高原上》（一九九〇）她回蒙古所見所感，寫民族歷史變遷。《黃羊・玫瑰・飛魚》（一九九六）其中一部分「寶勒根道海」也是蒙古高原的遊記，追溯祖先的源流和歷史背景。《大雁之歌》（一九九七）則從歷史地理、宗教信仰、民俗風情來談自己的原鄉——蒙古，是作者的尋根作品。

梁丹丰《走過中國大地》的旅行寫作及寫生計劃是在一九八八年由聯合報支持，她在六個月走過五萬公里，一筆一畫地刻鏤著中國各地的山川風物，然後出版了圖文並茂的作品。

《絲路上的梵歌》（一九九六）則是普門雜誌所主辦的活動，作者身為「踏著玄奘的足跡——絲路歷史文化之旅」的名譽團長，帶領全團三十九人，全程茹素，從長安、蘭州、嘉峪關、敦煌，一路踏著玄奘的足跡，走一趟豐富之旅，作者如此以夾議夾敘的方式平實地記錄下整個旅程。

陳若曦曾在一九八七年從美國去訪問青海、西藏；一九八八年又和叢甦、關曉榮等人訪問西藏，後來出版《青藏高原的誘惑》（一九八九），她寫由蘭州乘火車赴西寧，走青藏公路赴拉薩，沿途將西寧、柴達木盆地、格爾木等地刻劃得十分詳細，對於西藏，則藏北、藏東、拉薩、後藏摘要加以特寫，最後以西藏問題三篇做結。作者雖是記遊，卻企圖在書中說明所要表現的青藏文化傳統。

林佩芬是滿州鑲黃旗的後裔，民族歷史感強烈，近年來積極投入歷史小說的寫作，《努爾哈赤》、《天問》都是歷史小說，一九九五年又出版散文《長城外面是故鄉》（內蒙篇），作者曾陸續親臨長城外面的那個「故鄉」，寫了〈內蒙古草原〉、〈陰山〉、〈騰格里沙漠〉、〈賀蘭山〉等十六篇散文。

程明琤現定居美國，曾旅遊世界各地，過去出版的散文多少也收錄一些旅行文學，《羈旅遊思》（一九七九）、《海角·天涯·華夏》（一九八三）、《煙波兩岸》（一九八七）、《走過千秋》（一九八九），而《長江的憂鬱》（一九九四）則純是旅行文學，分涓南遠源、昆海今昔、印加悲土、贛水長天、塞納秋水、洞庭晴煙、仙島人劫、歲月心痕。文中主要描寫的旅行地點是中國大陸，寫雲南、老家江西、洞庭湖、長江三峽，書名《長江的憂鬱》隱隱然是她的鄉愁與悲懷。作者最近又出版散文集《嗚咽海》（一九九七），大部分是遊歷世界各地歷史古跡、風景名勝的所思所想。

郜瑩曾花了五年時間走訪中國大陸二十幾次，對五十四個少數民族進行了解探討，隨後出版兩本散文集《因緣人間——獨身女子邊塞行》（一九九〇）、《釀一罈有情的酒》（一九九六），也出版四冊《中國大陸少數民族風情錄》。郜瑩的兩本旅行文學接近少數民族的生活報導，著重民俗風情的描寫，邊疆旅行寫作似乎是趣味性多些。

另外，龍應台《乾杯吧！托瑪斯曼》（一九九六）收錄五篇寫大陸印象的文章；李黎《天地一遊人》中有〈西行片語〉寫北京、寫敦煌；馮菊枝《快樂走天下》（一九九七）則寫台灣魯凱族、金馬戰地、菲律賓、婆羅洲、希臘，也寫絲路、四川彝族、西藏高原；楊小雲《樂遊四海學無涯》（一九九六）也收錄一輯〈走過大陸〉。

對此部分，李瑞騰教授曾寫過相關的論文，〈呼喚天地的英氣與豪情——台灣女子邊睡中國的旅行寫作〉，介紹梁丹丰、席慕蓉、陳若曦、林佩芬、郜瑩的旅行寫作經過。❻

㈡異國他鄉的聞見思

❻ 李瑞騰：〈呼喚天地的英氣與豪情——台灣女子邊陲中國的旅行寫作〉，《聯合報》一九九六年十一月十一日，四十一版。

近幾年出國旅行或長駐異地的女性非常多，女性作家寫的有關異國人文風情的作品也不少，師瓊瑜、陳少聰、愛亞、鄭寶娟、呂大明、黃雅歆、吳英女、鍾芳玲、荊棘。

師瓊瑜在三年內以自助旅行或搭便車的方式走過英國、愛爾蘭、法國、馬來西亞、泰國、柬埔寨、大陸、香港與美國，而《離家出走》（一九九六）主要分三部分：愛爾蘭、柬埔寨、台灣。作者不是單純地描寫山川景物、風花雪月，她著重的是對戰爭、文化衝突的思考，作者借離家出走來省思自己。

陳少聰《航向愛琴海》（一九九五）不是純粹的遊記，裡面包括不少人文史料、不少希臘軼事，而又摻雜個人寫意抒情的部分。

愛亞《走看法蘭西》（一九九六）一書則明言走馬看花，非長年居住該地所寫，然而本書的文詞流暢優美，著重的是與巴黎有關的種種藝術。除了愛亞，作者還有愛亞的子女周書豪、周書邁、周震，本書寫露天咖啡座、電影院、音樂圖書館、錄影帶圖書館、同性戀書店，也寫梵谷的墓、王爾德的墓或巴爾札克的墓……身爲作家的愛亞與學電影、學美術的子女將全書寫得趣味十足。

鄭寶娟《巴黎屋簷下》（一九九一）、《遠方的戰爭》（一九九六）則描述人在歐洲對戰爭、階級、種族歧視、通俗文化、異國婚姻、消費主義、社會現象等問題的敏銳觀察、省思，往往見人所未見，言人所不言。

呂大明《英倫隨筆》、《南十字星座》則寫牛津落雪的夜晚、阿爾卑斯山村的山中美景和熱情友誼、巴黎的槭樹、蘇格蘭的春花秋月冬雪夏樹，作者刻意將每一段旅程描繪成優美輕柔的樂章，如夢似幻。

黃雅歆《旅行的顏色》（一九九五）則寫日本的所見所感，特別是對京都的描述。

吳英女《似水柔情》（一九九一）寫旅行喀什米爾、尼泊爾時的感觸，「宛如清淡的水彩畫，將喜怒哀樂沈重的糾結落在滲水的顏料裡，緩緩形成悠悠的風景。」作者將旅行中的風景寫成一首首生命的詩篇，帶著哲思。

鍾芳玲《書店風景》（一九九七）則帶著讀者一起神遊歐美各式各樣的書店：地標書店、主題書店、二手書店等等，作者在書店中旅行，記載著書店中不同的風景。

荊棘《金蜘蛛網》（一九九七）是她的非洲蠻荒行，包括十二帖田野踏行的作品，作者「存心不寫一般人可以走到的、看到的，繁榮昌盛的地方……」因此她寫肯亞、史瓦濟蘭、莫三鼻克、賴索托、納米比亞、波札那，以及骷髏海岸與好望角，寫非洲草原上一萬隻少女乳房的舞蹈，寫非洲草房工廠的鈎織品、手磨石器、陶製品。作者在湖邊紮營，早晚常有羚羊、狒狒、大象、長頸鹿、猴子、野牛來訪，本書呈現了自我親近人和土地的天性。

楊小雲《樂遊四海學無涯》（一九九六）寫她的旅行心情，有歐美掠影、走訪韓日、小遊東南亞及走過大陸的心情；作者有的篇章似旅遊指南，如〈飛機上的食物及其他〉、〈瞎拼後遺症〉、〈旅行時的穿著打扮〉、〈買得開心，買得好〉、〈換錢的困擾〉等。

呂慧《歡遊五十國》（一九九五）則寫作者追隨外籍學者的先生旅遊各國的經驗，尤其原是共產國家的波蘭、羅馬尼亞、蘇俄等國。

黃芳田《辭職去旅行》（一九九七），全書共分兩輯：「築夢篇：驚喜處處的法國浪漫」、「圓夢篇：慵懶閒散的義大利熱情」，描寫大都以旅行時遇見的奇人異事爲主。

謝岱玲《在全世界交朋友》（一九九七）寫暢遊世界各地的體會和趣味。

林玉緒《浪漫出走義大利》（一九九六），作者以在當地生活兩年的經驗，描寫當地的人文社會背景。書以輕鬆的筆調寫成，分成三輯：做個浪漫出走族、生活朋友情事、我玩了一場愛情遊戲。

黃麗穗《從旅行中成長》（一九九五）、《遊走世界學生活》（一九九七）以遊戲筆墨來寫遊記。

阿嫚《性格女子獨闖巴黎》（一九九六）、《愛在巴黎蔓延時》（一九九六），描寫逗留法國的經驗，充滿戲謔。

另外，李黎《天地一遊人》（一九九二）、聶華苓《鹿園情事》（一九九六）、龍應台《人在歐洲》、《乾杯吧！托瑪斯曼》（一九九六）、戴文采《天才書》（一九九四）也各出現部分的旅遊小品。

《用眞情走過的地方》（一九九五）則是一部特別的女作家旅遊小品合集，陳若曦、琦君、李黎、喻麗清、徐薏藍、簡宛、陳少聰、戴小華、程明琤、張鳳等五十餘位旅居世界各地的女作家作品，記錄她們親身聞見的各地風俗民情自然景觀，以及對歷史文化的深刻體悟。

三、旅行與感思

一般旅行文學不外兩種情況：寫自然景物，或對歷史文化政治的思考，即文人式遊記。旅行或被定義爲觀光、或被認爲去遊覽，遊記可想而知是輕鬆愉快或充滿諧謔的，書名就會出現《性格女子獨闖巴黎》、《愛在巴黎也瘋狂》、《浪漫出走義大利》、《遊走世界學生活》、《從旅行中成長》、《樂遊四海學無涯》、《歡遊五十國》、《遠離台北》，作者的學習成長無非是教讀者如何換錢、如何不要丟了台灣人的臉、如何去跳蚤市場買東西、如何去賭城試手氣、如何洗溫泉、如何用巧克力餵松鼠、如何購買名牌copy版的皮包、如何營造一段法國式的邂逅……

台灣開放觀光、開放探親以後的所謂遊記如雨後春筍般出現，出版社似乎也來者不拒，而很多的遊記卻像旅遊指南。《乾杯！西班牙陽光》（陳佩周，聯經）、《跟紐約戀愛》（廖和敏，聯經，一九九三）、《英國英王有請》（鄭麗園，聯經）、《流金光影莫斯科》（景小佩，聯經）等書雖是旅遊指南，卻由資深記者著墨，可讀性有時還超過前面所謂的旅行文學。

而文人式的遊記，或者說在旅途中不只描繪山水景物與人物風情的作者，企圖在旅行中有另一番省思。例如馬瑩君評程明琤的遊記：

> 一再地爲一個文化的殘亡、一個民族的衰危或絕滅、一個卑微貧困的家庭以至個人，

駐足、太息、垂淚，而後把她的視察與省思，發之爲文，不但是擲地有聲，尤其引人深思。……一再堅持到世界各地遊歷、觀照、省思，一方面「深闊」她自己的心靈心智，另方面透過她的作品與呼籲，也達到「針刺」、「提昇」讀者心靈與社會的功能。❼

中國的文人遊記，不管到任何地方都會提醒自己蒼生的苦難、民族的興衰。

另一種旅行文學中則是歷史人物不斷出現，聶華苓《鹿園情事》寫：「狄更斯、巴爾扎克、普魯斯特就在這橋邊的丹尼艾莉旅館住過。喬治桑和繆賽戀愛，永遠住進樓上十號房間……」「以前托爾斯泰就住在對面的小屋裡，那兒原來是一大片樹林。這大廳就是貴人貴婦歌舞的地方。他們也許就是托爾斯泰小說中的人物。」「花飛花落無數秋，普希金已去，托爾斯泰已去，高爾基已去，馬雅可夫斯基已去，契可夫已去。」作者去了威尼斯、雅爾達，除了景物，作品中著墨較多的是文人的生活軼事。

愛亞《走看法蘭西》則花了許多筆墨寫巴黎近郊的梵谷長眠地奧維，文中更引用許多余光中先生所譯《梵谷傳》一書的段落。作者寫去巴黎拉歇茲神父公墓，文中就花筆墨寫王爾德的快樂王子故事、王爾德生平、巴爾扎克的生平小說，因爲他們是公墓內的居民。另外，作者在寫法國蔚藍海岸時，寫的是拿破崙與蔚藍海岸的糾葛。

---

❼ 馬瑩君：〈程明琤其人其文〉，《台灣日報》副刊一九九六年七月十九日。

當然，如果讀陳少聰的《航向愛情海》，也會發現希臘的神話古蹟歷史是作者極力描摹的。作者曾自言「返回自我」是心靈遠航的終極目的。胡錦媛教授也曾質疑這一點，爲何要離開本土、遠赴異國的旅行才能返回自我？❽

李黎在《世界的回聲．散花樓頭》（一九九六）中曾說：「好像很多中國的名勝古蹟都附會一則或數則傳奇故事，且多半是悲哀的。」其實所有的旅行文學不外歷史傳奇、人文軼事，如果不悲哀、不滄桑，似乎就少了一分感動人的力量。

九〇年代的旅行文學較特別的應是邊陲中國的寫作，又含有探親的性質，梁丹丰、席慕蓉、林佩芬、陳若曦、郜瑩、龍應台、程明琤，有回歸的心情、有朝聖的心情、有尋奇的心情，也有抨擊、憂傷的態度。基本上，女性作家的旅遊文學與余秋雨文化苦旅的緬懷哀傷是不同的。

女性作家的旅行文學偶會停留在浪漫或虛幻的階段，而荊棘《金蜘蛛網——非洲蠻荒行》、陳佩周《馬雅探險手記》（一九九七）及楊蔚齡《邊陲的燈火》（一九九四）則呈現不同的風貌，像似報導文學，卻又似更深層的心靈之旅，進入蠻荒世界、進入戰火蹂躪的人間煉獄或進入熱帶雨林中的古文明，作者不必再明言旅行是爲了「返回自我」，讀者自可在字裡行間體悟到生命底層的微弱氣息。另外一本特別的書——梁琴霞《航海日記》（一九九六），

❽同註❺。

胡錦媛教授有深入的探討。❾

四、結　語

南方朔先生說：「人們『觀望』城市，旅遊風景，它不發現什麼，但卻印證了許多：它印證了我們在書本上得知的對某地方的記號，印證了人們的想像、渴望和恐懼……旅遊的最基本出發點，一切的經驗都發自第一個經驗，也必拉回到第一個經驗。」❿而胡錦媛教授就說：

在台灣現有的旅行的論述中，女性旅行的經驗、記憶與意義是等同於男性的，也就是說，它並不單獨存在，並未被個別對待。……對於在生活／言論／空間中受到壓抑、遷移與行動能力遠落後於男性的女性而言，旅行行爲本身已是一個突破，而她也必得在「發自」與「拉回」的兩個「第一個經驗」之間找尋「差異」來詮釋這個「突破」，整理「突破」後的自我。⓫

---

❾ 同註❺。

❿ 南方朔：〈中國旅行記號學〉，《中國時報》副刊，一九九三年一月二日。

⓫ 同註⓯。

在探討台灣女性旅行文學之餘，我們似乎也該將男性的旅行文學做比較。雖然余秋雨是大陸作家，但是他的兩本遊記散文《文化苦旅》（一九九二）、《山居筆記》（一九九五）曾在旅行文學中刮起一陣旋風，兩本書都成了暢銷書，一篇引經據典約三萬多字〈十萬進士〉被青年學生反覆當歷史研讀。而余秋雨在台灣的「旅行與文學」演講會也是場場爆滿、座無虛席⑫，盛況不亞於林清玄的菩提系列演講。

然而，也有學者拿《文化苦旅．道士塔》一文作例，說作者天馬行空地發揮想像，虛構人物、情節，完全失去散文的特質，而且常常感性得太厲害，又在遊記中強烈地展示歷史遺跡，被稱爲「文化散文」，襯得以前的散文是沒文化的。「他的散文集之所以暢銷，正是源於檢史的風格，得到了許多無耐心讀學術文章，對古代歷史知之不多而又渴望了解的青年的歡迎。」⑬有些學者似乎並不認同《文化苦旅》是什麼旅行文學，「說白了，是余秋雨的散文原本就不是什麼創造，不過是一個也還有些才氣的讀書人的精心結撰。」⑭余秋雨的遊記似乎常是單純的知識報導、歷史感懷。

西班牙諾貝爾文學獎得主塞拉認爲：「遊記文類是反應人生百態最鮮活最直接的方式，

---

⑫ 余秋雨：〈文學，是旅行的落腳點〉，《中國時報》副刊一九九六年十二月二十七、二十八日。

⑬ 萬登學：〈這張臉的陰影〉，《幼獅文藝》一九九六年十二月，頁一六—一八。

⑭ 韓石山：〈余秋雨散文的缺憾〉，《讀書生活報》一九九六年第三期。

必須讓它復甦且歷久彌新，在文學創作中佔有一席之地。」⑮也有人強調台灣的旅行文學：

最大的問題可能在於類型不夠多樣，純粹描繪異國景物、民情的隨想小品太過滿溢，對旅行者心態的深度探勘以及「旅行」意義的挖掘，卻相對不足。借用評論者詹宏志的話語，就是「現階段把旅行寫作當作『發現』的多，當作『通過儀式』的少。」⑯

胡錦媛教授說：

當代台灣旅行寫作者卻大多在「記實」的文類邊界張望，未能跨出腳步，去開拓其他各種可能的寫作形式。……我們也有必要整理中國傳統的旅行文學與旅行觀，像遊子返鄉一般回到自己精神的故鄉、回歸傳統。⑰

胡教授對女性的旅行文學期許很大，然而我們也並未見到男性的旅行文學者有較突出之

---

⑮ 塞拉《亞卡利亞之旅》（台北，皇冠出版社），張淑英譯，書中所錄張氏〈關於亞卡利亞之旅〉一文。

⑯ 徐淑卿：〈帶著文學的靈魂去旅行〉，《中國時報》一九九七年四月十七日。

⑰ 同註❺。

處，不管是男性或女性作家，似乎都該更認眞地旅行、更用心地思考旅行文學的寫作方式或其中的深刻意涵。

附錄：海峽兩岸的現代散文研究

一

臺灣的散文研究開始得很遲，季薇先生是第一位用數十年精力投注在散文創作及理論的作家。一九六六年，季薇先生的《散文研究》由益智書局出版。而一九六九年、一九七〇年大江出版社出版了梅遜先生的《散文欣賞》一二集，一九七〇年蘭臺書局又出版邱燮友、方祖燊兩教授合撰的《散文結構》，接著季薇又由立志出版社、學生書局出版《散文點線面》、《散文的藝術》二書，一九七五、一九七八由水芙蓉出版社出版《鉛筆屑》上下卷。他們諸位可說是臺灣早期散文研究的先驅，特別要提的是著作較多的季薇。

季薇先生曾出版散文集《藍燕》、《荷風》、《薔薇頌》等，而他的三本散文批評全是以散文方式來論述散文（即後設散文），對象設定在剛入門的讀者，鄭明娳女士就批評此種承續早期蔣伯潛《章與句》的撰寫方式，在先天上已註定其理論無意深入也缺乏周延企圖。鄭女士因此對臺灣的散文研究提出看法：

> 四十年來，臺灣所有曾經寫過散文理論的學者作家，都對散文理論提出一些建設性的見解之後，又放棄後續工作，或者把精力放在其他文類上，臺灣散文研究的貧血症，最基本的根源在於評論者未能貫徹其治學興趣。❶

余光中先生也說：

> 散文集不但作者多，書目多，讀者亦眾，卻不獲評論者的等量注意，是因爲散文向來是寫實的文體，……散文家無所憑藉，也無可遮掩，不像其他文類可以搬弄技巧，讓作者隱身在其後。散文既如此坦露平實，評論家也就覺得沒有多少技巧和隱衷可以探討。❷

❶ 鄭明娳：《現代散文現象論・臺灣的現代散文研究》，頁一五八—一六二，臺北大安出版社，一九九二年八月。

❷ 《中華現代文學大系・總序》，九歌出版社，一九八九年五月。

余光中先生早在一九六三年就發表過談散文技巧的文字。❸鄭明娳女士曾詳細討論過余氏的散文研究，認爲他偏重散文的形式論，以詩法論散文，喜歡散文充滿聲、色、味、音響等創新意象之美，偏於感官上濃烈的口味；喜歡文字大力雕琢，推崇鬼斧神功、驚人眼魄的製作。鄭女士也曾將楊牧先生和余先生的散文觀做過比較，楊氏特別著意在散文中尋找風格篤定、關懷普遍的主題，每在編選散文選集時撰寫的序言靈光乍現，不同於余氏以詩法論散文，楊氏的主體精神和史的源流論散文，喜歡散文內容上的蘊藉淡雅，余氏重形、重才氣，楊氏重神、重情懷。❹

早期的散文研究者尚有張秀亞女士，她明確地指出新的散文特色，在一九七八年的〈創造散文新風格〉一文曾歸納出五點特色：意識流結構、詩法運用、塑造新語彙、知性取向、感恩閱讀法。❺另外，還有周麗麗女士的《中國現代散文的發展》（成文出版社，一九八〇年）、方祖燊先生的《散文的創作鑑賞與批評》（國立編譯館，一九八三年）、張雪茵女士《散文寫作與欣賞》（學生書局，一九七七年）、鄭明娳女士《現代散文欣賞》（東大出版社，一九七八年）、邱

❸ 余光中：〈剪掉散文的辮子〉，《文星》第六十八期，一九六三年五月。又見余光中《左手的謬思·後記》，一九六三年。

❹ 同註❶。

❺ 張秀亞：《人生小景·創造散文的新風格》，水芙蓉出版社，一九八一年。

言曦先生《騁思樓隨筆》（時報出版公司，一九七八年）、林錫嘉先生《耕雲的手——散文的理論與創作》❻（金文出版社，一九八一年）、林雙不《散文運動場》（蘭亭書屋，一九八三年）。

嚴格說來，臺灣的現代散文研究和散文創作不成比例，因爲散文創作一直是臺灣四十年來數量最大的創作文類，而散文研究不論在質與量上，卻始終不及詩與小說的研究。關於這一點，陳萬益先生曾提出他的看法，西方的小品文在十八、十九世紀盛極一時之後已經沒落，現代文學的理論與批評既多得自西方，現代散文的研究也因爲無從借鑒而相對無法開展；其次，中國古典散文數千年輝煌的傳統，對現代散文的創作相當有利，對現代散文的研究卻是不利的。❼

二

中國大陸的文化大革命影響深遠，文學方面也歷空前浩劫，眞正的文學批評或散文研究，根本是一片空白，有關現代散文資料的搜集，散文理論的建立或現代散文史的撰寫，都是八〇年代初才眞正開始。幸運的是，林非、俞元桂、佘樹森、范培松、樓肇明等學者，都

❻ 林錫嘉先生有詳細介紹，參考《文訊月刊》第十四期〈中國現代散文理論簡介〉。

❼ 陳萬益：〈「現代散文」教學經驗談〉，《現代文學教學研討會專刊》，頁一二，東吳大學中國文學系編印，一九九五年六月。

在散文的評論、研究或散文史的撰寫上展現了不錯的成績。

林非先生在一九八〇年三月由天津百花文藝出版社出版了《現代六十家散文札記》、一九八一年四月又在新華書店出版《中國現代散文史稿》，一九八四年五月廣西人民出版社出版俞元桂先生主編的《中國現代散文理論》、一九八四年十月佘樹森先生由福建人民出版社出版《散文藝術初探》等。

然而，共產政權下的學者在學術自由上畢竟有他們的局限。鄭明娳女士就說：

大陸學術界如此關心中國現代散文，原應是現代散文之福，然而不然。中共統治下的學者與作家長期被極狹窄又偏頗的馬克斯美學所框限，並約束他們要用意識型態批評法來評價現代散文作家及作品。❽

例如林非的《中國現代散文史稿》中批評林語堂：「鼓吹閑情逸致來玩世不恭，並且恣意地攻擊革命和進步的思想，起著麻醉和毒害讀者的作用。」而論徐志摩則說：「其中所表現出的譏諷和否定革命的態度，以及那種庸俗委瑣的思想感情，在當時也就會迷惑和麻醉讀

---

❽ 鄭明娳：《現代散文類型論·序》，臺北大安出版社，一九八七年二月。

者，阻礙他們參加到反帝反封建的戰鬥的行列中去，產生腐蝕讀者心靈的消極的作用。」❾

在一切由黨政策決定的前提下，學者只好言不由衷地淆混眞理、矇蔽事實。

而范培松先生在一九九三年九月由江蘇教育出版社出版的《中國現代散文史》同樣犯了評論不夠持平的毛病。本書共五十萬言，批評近九十位作家，分成四部分來討論。緒論：崛起前的躁動；第一編：誕生早熟期（一九一八—一九二七）；第二編：裂變分化期（一九二八—一九三七）；第三編：消融聚合期（一九三七—一九四九）；大抵以魯迅的怨怒、周作人的冲淡、冰心的溫柔、朱自清的儒雅及徐志摩的唯美散文爲脈絡，串連出現代的整個演變過程。作者雖自言要還原歷史的眞貌，書中所評卻俱見意識型態的影響。例如評冰心是天使，而廬隱是魔鬼，「她以一顆破碎的心懷著綿綿的悲苦去觀察世界，在人類中見到的都是醜惡，描繪的是充滿仇恨怨恨的地獄，她的散文擲向人間都是怨。」批評徐志摩的唯美主義時又比喻得不倫不類：「這是假洋鬼子閉著眼睛開出的一張不合國情的藥方，它的蒼白和無力，和它的美的呈現同時顯示在人們面前，猶如孔雀開屏在展示它的美麗羽毛同時把它的屁股暴露在觀眾面前一樣。」然而，有些學者甚至特別肯定這種偏執的批評，讚美「這些語言很有形象性，讀者讀到此處，常常會發出會心的一笑。」❿

❾ 林非：《中國現代散文史稿》，頁七，頁一九二，北京新華書店，一九八一年四月。

❿ 湯哲聲：〈評范培松著《中國現代散文史》〉，《中國現代文學研究叢刊》（北京）一九九四年三月。

北京大學中文系的佘樹森先生近年來鑽研中國近當代散文，除了前面所提的《散文藝術初探》、《中國散文風景線》，在一九九一年五月臺北新地文學出版社還出版了他的《中國大陸當代散文選》，其中較重要的是一九九三年四月由北京大學出版社出版的《中國現當代散文研究》。

《中國現當代散文研究》分上下編，上編是「散文藝術流變」，下編是「散文之藝術創作」。作者以五四小品散文爲主，由抒情本質、文化結構探討散文藝術流變；由歷史觀察分析散文理論的發展；由作者的個性、修養、思維、構成、文體總結散文創作的經驗；分析周作人、冰心、梁遇春、麗尼、楊朔、劉白羽等人的文體以展示散文文類的多樣內涵。然而，此書也有避免不了的缺失，「缺乏比較整體的剖析論述，……作者對於現代散文的重視卻也難免導致研究盲點，這個問題在評價當代散文上形成了相當程度的偏頗。如作者認爲當代散文不似現代散文般雋永有味，事實上恐非如此。」⓫

另外，要注意的還有一九八六年十一月黑龍江朝鮮民族出版社的吳歡章先生《現代散文藝術論》、一九八八年二月重慶出版社的傅德岷先生《散文藝術論》，又有北京師範學院出版社出版鮑霽先生的《中國現代散文藝術鑒賞論》。一九九〇年廣西人民出版社盧啓元先生的《中國當代散文史》、一九九四年福建教育出版社汪文頂先生的《現代散文史論》也很引

⓫ 徐欣嫻：〈中國現當代散文研究〉，《文訊》一九九四年九月。

人注目。而廈門大學臺灣研究所文學研究室主任徐學先生近年來致力於臺灣的散文研究，著有《隔海說文——臺灣散文十家》、《臺灣當代散文綜論》、《臺灣幽默散文選》、《臺灣女作家愛情散文選》，樓肇明先生則有《臺灣八十年代散文選》等。

中國大陸的散文研究固然起步較晚，而意識型態的影響仍在，然而，因爲學者的全力投入及開放後自由風氣的刺激，假以時日，必定會有不錯的成績。

三

近幾年來，臺灣的散文研究似仍未蔚成風氣，專著並不多。有楊昌年先生的《現代散文新風貌》⑫，鄭明娳女士《現代散文類型論》、《現代散文構成論》、《現代散文縱橫論》、《現代散文現象論》等。⑬

楊氏《現代散文新風貌》，嚴格說來，應是作者自行劃分的散文類型十一項：詩化散文、意識流散文、寓言體散文、揉合式散文、連綴體散文、新釀式散文、靜觀體散文、手記式散

---

⑫ 楊昌年：〈現代散文新風貌〉，東大圖書公司，一九八八年二月。

⑬ 鄭明娳：〈現代散文縱橫論〉，長安出版社，一九八六年十月；〈現代散文類型論〉，大安出版社，一九八七年二月；〈現代散文構成論〉，大安出版社，一九八九年三月；〈現代散文現象論〉，大安出版社，一九九二年八月。

文、小說體散文、譯述散文、論評散文。此種分法極爲奇特，例如論評散文，按照特色、表現重點分析、作家作品例舉分析、作品例舉，參考書篇五部分的一慣寫法，作者在《作家作品例舉分析》中以樂蘅軍〈浪漫之愛與古典之情〉作例，在「作品例舉」中以己作〈小說意識藉人物分化手法表現的線路——以三國演義與海狼作比較〉、王文秀〈蒼茫中的悲情——從王昌齡邊塞詩說起〉作例，這些似應歸爲論文論述，而不能當做散文類型。其他諸如揉合式散文、連綴體、新釀式散文等名稱，似乎還值得斟酌。

陳萬益先生曾說學院裡頭似乎只有師大鄭明娳教授一人在散文研究的學術領域苦苦耕耘，兼顧理論與批評。⓮徐學先生也說：「在力求從本體論、創作論、批評論、鑒賞論、史論五個方面來系統地建構現代散文理論方面，鄭明娳是當代臺灣第一人。」⓯因此本文有必要對鄭教授的著作做較詳細的介紹。

《現代散文縱橫論》分成綜論與個論兩輯，綜論是對五四以來中國現代散文創作脈絡的評述，收錄〈中國現代散文芻論〉、〈現代散文的寫作與欣賞〉兩篇；個論則選擇了出生於本世紀初至六十年代的散文作家十位，包括陸蠡、琦君、木心、余光中、林燿德、言曦、張寧靜、洪素麗、羅青及林彧，前五位是作家綜論，後五位是單書批評。鄭氏在序中自言「作

⓮ 同註❼。

⓯ 徐學：〈鄭明娳散文批評初探〉，《臺灣研究集刊》（廈門），頁九〇—九三，一九九三年一月。

者本身皆是某型的代表，希望能囊括現代散文較重要的類型。……從歷史的角度來審視現代散文成長的軌跡，並爲作家定位。其次是建立散文系統的理論。」我們可以見出作者的強烈企圖心。

中國現代散文的分類早先就出現過，人言言殊，一般籠統的分成抒情、議論、小品、雜感，而大陸學者長久以來遵循這種方式。臺灣學者的分類偶見分歧，觀點各異。羅青先生分小品文爲五類：純說理或敘事的、純抒情的、偏重說理或敘事的、偏重抒情的、說理敘事與抒情並重的。⑯曾昭旭先生分爲三類：抒情散文（文學性散文）、敘事散文（科學性散文）、論理散文（哲學性散文）。⑰楊牧先生則將現代散文分七類：小品、記述、寓言、抒情、議論、說理、雜文。⑱

鄭明娳女士《現代散文類型論》中的分類法則包羅萬象，她將散文分成兩大類，主要類型與特殊結構的類型。主要類型包括情趣小品（人情小品、物趣小品）、哲理小品（直接式說理、抒情式說理、敘事式說理）、雜文（社會批評、人生雜談）；特殊結構類型則包括日記、書信、序跋、遊記、傳知散文、報導文學、傳記文學七類。作者自言主要類型是依內容功能的特質而形成

---

⑯ 羅青：〈論小品文〉，《中外文學》六卷一期，頁二二六。

⑰ 曾昭旭：〈散文的分類及雜文〉，《文訊月刊》十四期，頁六一。

⑱ 楊牧編：《中國近代散文選．前言》，洪範書店，一九八一年八月。

的類型，是現代作家們自由創作，自然成長的結果，大致上是以寫作客體來分的；特殊結構類型是從寫作主體出發，涉及主體的思考問題，因作者的創作企圖不同，便會產生不同的類型。⑲這種細微的分類法的確富有新意，可惜鄭女士並未深入地說明分類的依據。

《現代散文構成論》，本書從修辭、意象、描寫、敘述、結構五方面來論述散文的構成理論，而構成理論屬於後設理論的研究，以後設理論爲體，以實際批評爲用，因此散文理論的建構較有實用價值。徐學先生認爲鄭女士的系列散文論中，本書最具有學術價值，「作者在書中將符號學、心理學、敘事學、讀者反應理論及後結構主義引進到散文理論中來，爲散文創作者與散文研究者打開了一個新的境界。」⑳

《現代散文現象論》，本書收錄七篇論文：〈臺灣現代散文現象觀測〉、〈臺灣現代散文的危機〉、〈臺灣現代散文中的崇高情感〉、〈臺灣現代散文女作家筆下的父親形象〉、〈新新聞與現代散文的交軌〉、〈臺灣的現代散文研究〉、〈當代臺灣文藝政策現象〉。嚴格說來，這本書是臺灣的散文現象研究，作者深入地探討八十年代臺灣文壇環境、八十年代臺灣散文創作特色、戰後臺灣散文危機、老一輩女作家筆下對父親呈現的敬畏疏離感、臺灣教徒作家顯現的宣教意圖、都市散文呈現的新人類異化現象等，作者全面地呈現出臺灣現代

---

⑲ 鄭明娳：《現代散文類型論》，頁四一。

⑳ 同註⑮。

散文的現象。

四

鄭明娳女士曾說，臺灣數十年來，幾乎所有的批評或理論，都是由創作者提出，而編選散文選集、評審散文獎也大部分由創作者擔任。例如李豐楙、楊牧、余光中、游喚等人常在評論中有創作者的特色。㉑因此，他們雖有精闢的見解，卻僅是偶一爲之，不能全力投入散文研究。尤其像李豐楙、何寄澎等教授所編《中國現代散文選析》（長安出版社）、許達然先生主編《臺灣當代散文精選》（新地出版社），處處顯見編選者的眞知灼見，遺憾的是，他們無暇長期浸淫散文研究。也因此，鄭明娳長年對散文研究的貢獻心力特別引起兩岸矚目。

中國大陸則不然，不論是散文理論、批評或是散文史撰寫、散文選集，都能見到學者長年累月全心投入，然而長期共產體制的意識型態下，學術研究總是有架框存在，不能邁步向前。幸運的是，學者都體會到這一點，相信在他們的戮力經營下，散文研究很快會有一番不同的局面。

㉑ 同註❶。

國家圖書館出版品預行編目資料

走看臺灣九〇年代的散文
／鹿憶鹿著. --初版. --臺北市：
臺灣學生, 1998 [民87]
面； 公分.

ISBN 957-15-0881-0 (精裝)
ISBN 957-15-0882-9 (平裝)

1.中國散文 - 評論

825.8 87004342

走看臺灣九〇年代的散文

著作者：鹿憶鹿
出版者：臺灣學生書局
發行人：孫善治
發行所：臺灣學生書局
臺北市和平東路一段一九八號
郵政劃撥帳號〇〇〇二四六六八號
電話：二三六三四一五六
傳眞：二三六三六三三四

本書局登記證字號：行政院新聞局局版北市業字第玖捌壹號

印刷所：宏輝彩色印刷公司
地址：中和市永和路三六三巷四二號
電話：二二二六八八五三

定價 精裝新臺幣二一〇元
平裝新臺幣一四〇元

西元一九九八年四月初版

82504

ISBN 957-15-0881-0 (精裝)
ISBN 957-15-0882-9 (平裝)